痴人之爱

アホの愛

[日] 谷崎润一郎——著
三柯——译

北方文艺出版社

图书在版编目（CIP）数据

痴人之爱 /（日）谷崎润一郎著；三柯译 . -- 哈尔滨：北方文艺出版社，2019.4

ISBN 978-7-5317-4380-4

Ⅰ . ①痴… Ⅱ . ①谷… ②三… Ⅲ . ①长篇小说－日本－现代 Ⅳ . ① I313.45

中国版本图书馆 CIP 数据核字 (2019) 第 052266 号

痴人之爱

CHIREN ZHIAI

作者 / [日] 谷崎润一郎　　译者 / 三　柯

责任编辑 / 王　丹　赵　芳

出版发行 / 北方文艺出版社　　网址 / www.bfwy.com

邮编 / 150080　　经销 / 新华书店

地址 / 哈尔滨市南岗区林兴街 3 号

发行电话 /（0451）85951921　85951915

印刷 / 三河市中晟雅豪印务有限公司　　开本 / 880 × 1230　1/32

字数 / 175 千　　印张 / 9

版次 / 2019 年 4 月第 1 版　　印次 / 2019 年 4 月第 1 次印刷

书号 / ISBN 978-7-5317-4380-4　　定价 / 38.00 元

contents

目录

contents

目录

脚 上
穿 着 一 双
带 有 补 丁
却 很 适 合 她 小 脚 的
样 式 美 观 的
白 布 袜 子

一

我打算将我们夫妻之间这种大抵是世间绝无仅有的关系尽量详细诉诸文字。于我本人而言，这必将是一次永生难忘的珍贵记录。对各位读者来说，无疑也有相当大的参考价值。特别是现在，日本在国际上往来日渐增多，国人与外国人开始频繁交往，各种各样的文化和思想蜂拥而来。男人不用说，连女人也变得时髦起来。我们夫妻之间这种尚无先例的关系，在这种时代潮流风气潜移默化影响下，只怕会出现得越来越多。

现在回想起来，我们夫妻之间的关系从一开始就异于寻常。

我是在八年前与妻子相识的，要说确切日期和详细情况，记忆已经模糊成一片回想不起来了。那时她在浅草附近的一家名叫“钻石”的咖啡店做服务员，还未满十五岁。因此，我才认识她时，她不过是一个刚刚到咖啡店打工的打手，还不是正式的服务员，只能算是实习的服务员。

当时我已二十八岁。至于为何会看上这样一个孩子？连我自己也是不清不楚的。或许是她的名字让我产生好感吧。我听到大家都叫她“阿直”，但是我有一次打听到她的真名叫奈绪美。“奈绪美”这个名字很有趣，我十分好奇。因为，如果用罗马字母拼写，奈绪美就是NAOMI，和西洋人的名字一模一样。我抱着这样的想法，对她的关注便多了起来。让我感到奇怪的是，她不仅名字像西洋人，甚至长相也有点像西洋人，聪慧机敏的样子，于是我想：她在这里做一名服务员实在太可惜了。

其实，娜奥密（我先说明一下，在文中我按照罗马字发音来拼写她的名字。不这样做总觉得不能体会出名字的洋味儿）与电影女明星玛丽·碧克馥很像，真的很像。这绝不是我个人偏颇，即便现在她已成为我妻子，仍有许多人看到她后会这样说。这的确是事实无疑。她不光脸蛋像西洋人，脱了衣服一看，身形姿态洋味更浓。当然，这是后来我们关系亲密时才知道的，当时我对她的了解并未到此地步，只不过从她身上穿的裁剪得体的和服上朦朦胧胧地想象着，既然脸蛋不差，那么四肢也必定修长且优美吧。

若不是亲生父母或孪生姐妹，一位十五岁少女的内心是无法揣摩的。所以，要我说出娜奥密在咖啡店打工时的性格是怎样，我是无法给出一个确切的回答。恐怕那时候的娜奥密自己也只能说对所有事都

摸不着头脑。当时，她给我的感觉就如同几块无色玻璃挤压重叠在一起，沉闷暗淡，看上去不大健康。她鲜少说话，面色发青，时常带着乌云般的愁苦。可能是因为她才到咖啡店打工，和其他正式服务员不一样，没有好好打扮自己，也没有熟客，所以一个人就在角落里默默地拼命干活。正因为如此，我才觉得她聪明机灵。

在此，我觉得有必要先介绍一下自己。那时我在一家电气公司做工程师，每月有一百五十日元的收入。我出生在栃木县都官市的郊区，读完初中后来到东京，进入藏前高等工业学校学习，毕业没多久就担任工程师。目前在芝口租房居住，除了星期天之外，每天都到大井町的公司上班。

因为一个人居住，每月又有一百五十日元的收入，所以，生活可以说过得相当滋润。我虽然是长子，但不用给家里的母亲和弟弟妹妹寄钱。因为家中经营着规模相当大的农业，父亲虽然很早去世，但年迈的母亲和老实厚道的叔叔婶婶把一切都打理得井井有条，完全不用我操心。虽然如此，我也未因生活无拘无束而染上吃喝嫖赌的陋习，因此，我大致算得上是一个模范的企业员工——勤勤恳恳，工作认真，平庸至极，近乎呆滞，每天兢兢业业、毫无怨言地工作。我的情况大致就是如此。在公司里只要有人说起“河合让治”，都会有人称赞说是“君子”。

我的娱乐活动说起来，无非就是傍晚时分去看电影，或者去银座大街散步，偶尔也会奢侈一回去帝国剧场看戏剧。作为一个未婚男青年，心里是很愿意和年轻女孩交往的。但是，我是从乡下来的，举止粗俗，不善交际，还未曾和异性交往过，被人称作“君子”的原因或许正是这个吧。我表面虽然一副正人君子的做派，其实心里一点儿也不“君子”。每天上下班或是走在街上时，眼睛会停留在周围出现的年轻女生的身上。娜奥密偶然地出现在我面前，也正是在这个时候。

当时也不是没有比娜奥密更漂亮的女人出现。在电车上，帝国剧场的走廊里，银座大街上，擦肩而过的姑娘中，比娜奥密漂亮的比比皆是。娜奥密是否出落得亭亭玉立、闭月羞花，那是今后的事。一个十五岁的姑娘将来的生活既充满了希望，又令人感到担忧。因此，我原本打算想把她留在身边照顾她，若她有好的发展前景，再送她去接受良好的教育，未来娶她为妻也未尝不可。之所有会有这样的想法，一方面是很同情她，另一方面也是想改变自己单调得过分的枯燥平庸的生活。说实在的，我已经厌倦了长期的租房生活，很早就想给这样平淡乏味的生活增加一点儿色彩和温情。我非常希望自己能有一间小小的房子，雇一位女佣，让她布置房间、养养花草，在阳光明媚的在阳台上挂上鸟笼，备好饭菜，打扫卫生，这样的生活才是我想要的。如果娜奥密能来，我想，她既可以是能干活的女佣，也可以充当鸟儿的角色。

若仅仅是为了这个打算的话，为什么不正式娶一个妻子成立家庭呢？说白了，是我当时缺乏结婚的勇气。关于这点，我觉得应当有必要说明一下：我是一个平凡普通人，想法与常人无异，没有荒诞不经的思想，也从未做过叛逆出格的事情。但十分奇怪的是，在结婚这件事情上，我的思想相当激进与前卫。一般而言，提起“结婚”，人们都循规蹈矩，严格遵照着流程来。首先是有人牵线搭桥，不露声色地探明双方的想法，接着便是“相亲”，相亲之后若双方都感到满意，就正式请媒人做媒，交换订婚信物，再把五担、七担、十三担的嫁妆送到婆家，之后新娘出嫁、新婚旅行、回娘家……严格履行一套烦琐复杂的礼仪规矩。在我看来，这套繁文缛节完全可以省略，若是我结婚，定会采取更加自由、简洁的形式。

我若是想结婚，有很多可以选择的对象。我虽然出生于农村，但身体健康、品行端正，还有一点，自己说来也觉得可笑，我自身的相貌与风度，是不逊色于他人的。并且，在公司里声誉也还算不错，大家都愿意帮我牵线搭桥。但我并不想让别人帮我这个忙，所以也就没什么办法了。事实上，不管对方是多么漂亮，也不可能通过一两次见面聊天就了解对方的品性。顶多会有“看上去还不错”或者“相当漂亮”之类的想法。仅仅凭借一时良好的印象就随意决定自己的终身伴侣，这样的蠢事我可不会做。因此，把娜奥密这样的少女先留在家里，慢慢看着她成长，若称心如意，就娶她为妻，这是最妥当的做法。我并不想娶富贵人家的千金小姐或者名门闺秀，能娶娜奥密这样的人做老婆，我已经很满足了。

而且，我觉得能够与一位少女做朋友，大家像玩游戏一样以轻松愉快的心情居住在一栋房子里，时时刻刻关注着她的成长变化。这和正式组成家庭完全不同，觉得很有一番情趣。直白点儿说，就是我和娜奥密在玩小孩子过家家的游戏，两人之间没有“成家”这层复杂的含义，只想过着闲适简单的生活。其实，在如今的日本“家庭”生活中，衣柜、长火盆和坐垫等都是不可或缺的，丈夫、妻子、用人的分工也要清清楚楚，还要和邻居亲戚等搞好关系，要去交际应酬，增添花销，让简简单单的事情变得复杂起来。对于年轻的职员来说，绝对不是一件感到愉快的事情。从这方面来说，我的想法倒的确是一个很好的解决办法。

我把这个想法告诉娜奥密，是在认识她两个月后。当时，我只要一有时间就会去钻石咖啡馆，找机会与她接触。娜奥密十分喜爱看电影，在周末时我就带着她去公园里的电影院，看完电影回来的路上，找一家味道不错的西餐馆或者荞麦面馆，进去吃一点儿东西。不爱说话的娜奥密在这种地方更不会说话了，她总是紧绷着脸，面无表情，也不知道是高兴还是觉得无趣。即便如此，她也从未拒绝过我的邀请，总是很痛快地说“好，那就去”，无论去哪里她都会跟着。

我不知道在她眼里我是怎样的一个人，更不知道她为何十分信任地跟着我。我想，她还只是一个孩子，没有学会用怀疑的目光来审视一个男人。心中的想法极其单纯天真，觉得这个“叔叔”可以带自己去喜欢的地方玩，还经常请自己吃好吃的东西，所以愿意和我待在一起。而当时的我则完完全全把她当作孩子看待，只希望她能把我看作一个温和亲切、和蔼可亲的“叔叔”，在与她相处的过程中没有表露出不安好心的意图。每当我回想起那段朦胧梦境般的时光，都有种生活在童话世界里的错觉，真想再一次回到那天真烂漫的时光。

“怎么样？娜奥密，能看见吗？”

当电影院满员，我们站在人群后面时，我常常这样问她。

“什么都看不见。”娜奥密伸长脖子，想从前面观众脑袋的罅隙间看见银幕。

“你这样是看不见的，来，坐在这根木头上，抓住我的肩膀看。”

我从下面托起她，让她坐在高高的栏杆上。她悬垂着双腿，一手扶着我的肩膀，调整到一个合适安稳的姿势，然后聚精会神地盯着银幕。

“好看吗？”

“好看。”

即便她回答说“好看”，也从来没有表现出兴高采烈的神情。这个时候，她犹如一只机敏的小狗屏息凝神地倾听远处的动静，她睁着那双智慧的眼睛默不作声地紧盯着银幕，可想而知她是多么喜欢看电影啊。

“娜奥密，饿吗？”

“不，我什么都不想吃。”

有时她会这样回答我。不过，如果她真的饿了，会直截了当地说“饿了”，也会明确表示自己想吃西餐，还是想吃面条。

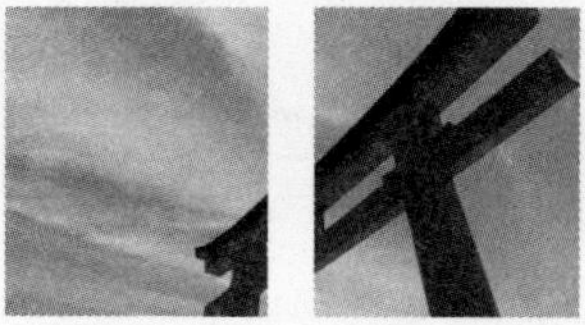

二

有一天晚上，我们看完玛丽·碧克馥主演的电影后，在一家西餐馆吃饭时，我对她说：“娜奥密，你长得真像玛丽·碧克馥。”

“是吗？”

她没有显露出开心的神情，只是一动不动地望着我，似乎对我突然说出这句话感到很不能理解。

“你自己没有发觉吗？”

“我不知道像不像她，但大家都说我像混血儿。”娜奥密面无表情地说。

“本来就是。你的名字就很不一般，娜奥密，这么洋气的名字是谁给你起的？”

“不知道。”

“是你爸爸还是妈妈？”

“爸爸已经去世了。”

“妈妈呢？”

“妈妈还在，但是……”

“你有兄弟姐妹吗？”

“有，挺多的。哥哥、姐姐、妹妹……”

在之后我们也曾经常聊起这个话题，但只要一说到她的家庭，她总是会显得不开心，然后敷衍着搪塞过去。我们一般都是提前一天约定好时间去游玩，在公园的长椅上或者观音堂前碰面，她从不迟到或者爽约。有时我因有事耽搁没有准时赶到，担心她会不会因为等的时间太长已经回去了。等到了约定的地点一看，她仍然在原地老实等待着，一看到我便立刻起身，向我走过来。

“对不起，娜奥密，等很久了吧？”

“嗯，一直在等你。”

她就只这样说了一句，既未抱怨，也没有生气。有时约定在公园的长椅上见面，天空突然下起雨来，我担忧她是否还在那里，连忙赶过去一看，见她正蹲在不知供奉哪一位菩萨的小庙屋檐下，安安静静地等着我。看到此情此景，让我心疼又感动。

那时她每次和我见面，总是会穿着大抵是姐姐穿剩下的旧旧的丝绸衣服，腰上系着薄毛呢子织锦腰带，头发梳成日本式的桃子髻，脸

上抹了一层淡淡的白粉，脚上穿着一双带有补丁却很适合她小脚的样式美观的白布袜子。我问她为什么只有在周末才会梳日本式发髻，她没有和我解释，只是淡淡说了一句“家里人让这么做”。

我时常对她说：“今天天色这么晚，我送你到家门口吧。”

然而她每次都会拒绝，说：“不用了，我马上就到了，一个人能回去。”

走到花圃时，娜奥密对我说一声“再见”后，就吧嗒吧嗒跑进千束町的小巷子里去了。

我肯定不会巨细无遗地把当年发生的事情写下来。不过我清楚记得有一次，我曾和她开诚布公地谈过一次心里话。

那是在四月末的一个晚上，气候还很温和，春雨绵绵，多如牛毛。那天晚上咖啡店里顾客出奇得少，店内显得很是清静。我在桌子边坐了很久，小口小口喝着酒。这样说我似乎很能喝酒，其实我的酒量很小。为了打发时间，我点的是女人喝的甜鸡尾酒，小口小口抿着。这时，娜奥密端着菜走过来了。

“娜奥密，在这里坐一会儿吧。”我已经有一点儿醉意。

“行啊。”她在我身边坐下，见我从口袋里拿出香烟，立刻划燃了火柴。

“在这里坐一会儿说说话不打紧吧？今晚看上去不是很忙的样子。”

“是啊，很少有像今天这样清闲的。”

“平常很忙吗？”

“从早到晚一刻不停歇，连看书的时间都没有。”

“这么说，你喜欢看书？”

“嗯，喜欢。”

“你一般看的都是些什么书？”

“什么都看，还有各种各样的杂志。”

“真好。既然这样喜欢看书，为什么没有去上女子中学呢？”

我是故意这样问的，不动声色观察她脸上的表情。我想她大概是生气了，紧绷着脸，一动不动地盯着空气中某一个地方，眼中明显地流露出悲伤抑郁的神情。

“娜奥密，如果你想读书的话，我可以帮你。”

她仍然没有说话。我用温和的语气对她说：“和我说一说吧，娜奥密，你想做什么？想学什么？”

"我想学……英语。"

"嗯，英语……就只有这个吗？"

"音乐，音乐我也想学。"

"这个好办，我替你出学费，你去学就可以了。"

"但是，我已经十五岁了，上女子学校太晚了啊。"

"不，不算晚，女孩子和男孩子不一样，十五岁也不算晚。而且如果只是学英语和音乐的话，可以不用去学校，直接找老师来教也行。你是真心想学吗？"

"嗯，想学，但是……你真的要供我上学吗？"

娜奥密直直地盯着我的眼睛。

"当然是真的。不过你去读书，这里的工作就不能做了，没什么要紧的吧？假如你没有工作，可以搬到我家里去住，让我来照顾你，我打算把你培养成一名优秀的女性，对你负完全的责任。"

"嗯，这样很好。"

她十分干脆地回答，反而让我吃了一惊。

"那么，你是打算不在这里做了？"

"嗯，不做了。"

"娜奥密，还有一个问题，即便你同意的话，但是怎么也得征求一下你家里人的意见吧，你妈妈、哥哥会怎么说呢？"

"没关系的，不用跟他们说，他们也不会说什么的。"

娜奥密嘴上这样说，心里却还是很在意。她之所以做出一副无所

谓的表情，只是不想让我知道她家庭的内幕。我也不是要硬逼着让她说出她不想说的事情。但是，为了让这件事确定下来，我觉得无论如何都有必要去一趟她的家里，和她的母亲或者哥哥推心置腹谈一谈，听一听他们的意见。之后，随着谈话内容深入，我多次提出想见一见她的家人，但每次她都十分不高兴地说“你不用去，我和他们说”，用这句话来敷衍我。

现在，娜奥密已成为我的妻子。为了“河合夫人”的名誉，现在没有必要把她的身世经历公布于众，避免招致她的不悦，因此我打算尽量不谈及这个问题。大家之后自然会晓得其中的缘由，至少从她家住在千束町、十五岁便到咖啡店打工，并且坚决不把家庭地址告诉别人这几点上来看，大致能想象出这是怎样一个家庭。最终我还是说服了娜奥密，和她的母亲、哥哥见了面。但令我想不到的是，他们对自己女儿和妹妹的贞洁问题毫不在乎。我对他们说：“难得娜奥密喜欢读书，在咖啡店这种地方打工实在是太可惜了。如果你们没有意见的话，我想把她放在我身边，虽然无法帮什么忙，但我刚好想请一位女佣，就做一些买菜做饭、打扫卫生简单的事，同时让她受基础教育。”我也把自身的情况以及目前的境地如实地告诉了他们。他们只是不咸不淡地回答了一句“如果能这样的话，倒是这孩子的福气……”听他们这样说我觉得十分气馁，诚如娜奥密所说，的确没有和他们见面的必要。

那时，我第一次知道，世间真的有如此不负责任的父母兄弟，更加觉得娜奥密可怜。听她母亲的语气，似乎家里不好安排娜奥密。她母亲说：“本来打算让她去学艺伎的，但她不想去，没办法才把送去咖啡馆……”听她这样说，好像有人能把娜奥密领走，抚养她长大，家里人十分欢迎。我也终于明白，娜奥密讨厌待在家里的原因，所以她才会一到周末，就跟我出去到处游玩、看电影。

但是，娜奥密的家庭情况，对我对她都是一件极大的幸事。事情确定了下来，娜奥密立马把咖啡店的工作辞掉了，每天同我一起在街上寻找适合居住的房子。我在大井町工作，找房子就要尽量找上下班方便的地方。我们星期天早上在新桥车站碰头，其他时候等我下班后在大井町见面，我们主要在蒲田、大森、品川、目黑这一带的郊区和市内的高轮、田町、三田一带寻找。在回家的路上会一起吃晚饭，时间若是宽裕还会看一场电影，或者在银座大街散步，然后她回千束町的街，我回芝口的住处。那个时候出租的房子还很少，所以过了半个多月，我们也没有找到合适的房子。

那时，在五月天朗气清的星期天早上，如果有人在大森附近绿意盎然的街上看到一个公司职员模样的男人和一个梳着日本式发髻、穿着朴素的姑娘肩并肩走在一起，不知道心里会怎样想，男的叫女的“娜奥密”，女的叫男的“河合先生”。两个人看上去不是主仆，也不是兄妹，更不是夫妻或者朋友了。他们一边客气地说着话，一边留意身边的门牌号码，一会儿眺望远处的风景，一会儿在树墙、庭院以及路边鲜艳盛开的鲜花之间徘徊驻足。在晚春时节这一天中，他们在四处散步，看上去很幸福。两个人之间应该有着奇怪的关系。

说起花，我突然想起娜奥密十分喜爱西洋花，很多我连听都没听过的花名她都知道，还能说出许许多多复杂的英文名称。她说这是在咖啡店打工时照料花瓶里的花学习到的。当我们经过有温室的住宅门口时，她会立刻停下脚步，兴奋地大叫起来：

“啊，这里的花好漂亮。”

“娜奥密最喜欢哪种花呢？”

“郁金香。”

娜奥密喜欢广阔的田野，有爱花的习惯，或许就是因为娜奥密从小在浅草千束町拥挤不堪、嘈杂凌乱的小巷里长大。走在路上，只要在田地里或者路边看到紫花地丁、蒲公英、樱草等，她都会跑过去，把它们采摘下来。一整天走下来，她的手里已经捧满了采摘的鲜花，还分成了好几束，小心翼翼地带了回来。

“这些花儿都已经枯萎了，还是扔了吧。”

虽然我这样说，但她一直都捧在手里，舍不得扔。到分开的时候，她把花交给我，说：“没关系的，给它们浇一点儿水，又会活过来，放在河合先生书桌上肯定十分好看。”

我们四处寻找，依然没有找到一处适合居住的房子，经过一番思量与考虑，最终选定了靠近国营电车线路附近、距大森车站约一公里处的一栋所谓的“文化住宅”，那个时候这个词还不算流行，用如今的语言来表达应该就是这个意思。又陡又大的屋顶是用红色石板瓦铺成的，高度大约占整个房子的一半以上。四周的墙壁被刷成了白色，远远看上去如同一个火柴盒，墙上是一扇扇长方形的玻璃窗。正面门廊前面说是庭院，其实说空地更为准确。整栋房子从外观上看就知道不是为了居住而是专门为了画画建造的。果不其然，我打听到这栋房子就是一位画家建造的，他曾经与当过模特的妻子一同住在这里。所以，房子的结构很怪异。一楼只有一间空荡荡的大画室、狭小的正门和厨房；二楼有两间屋子，一间六平方米，一间九平方米。除此之外，楼阁上还有一间储藏室，却完全派不上用场。画室有直通顶层楼阁的楼梯，沿着楼梯往上走，最上面是带有扶手的走廊，和剧院的楼座一样，在走廊上面可以俯瞰整个画室。

娜奥密第一眼看见这栋房子的“风景”时，就感到十分满意，她高兴地喊道：“啊，我喜欢这样的房子，真气派。”

看到她如此高兴，我立刻决定租下了这栋房子。

娜奥密之所以会中意这栋房子，大抵是出于孩子般纯真的想法，房子的结构是否合理与实用并不在乎，只是看到只能在童话书中才能看到的造型奇异的房子，一下子就被吸引了。这栋房子特别适合那些不想为家事操劳、无所事事的少男少女们居住。之前的那位画家和他做模特的妻子大抵也是抱着这种心态在这里一起生活吧。其实如果只有两个人，只需要一间大画室就足够了。

三

我和娜奥密搬进了这栋“童话中的房子”里是在五月下旬左右。住进去之后才发现，其实并没有想象中的那样不方便。阁楼阳光充足，在上面可以眺望大海，朝南的门前可以弄一个花圃。唯一有一点不如意的是，国营电车时常从附近经过，但中间隔着一块农田，声音传过来时也不算很吵人。综合这些因素来看，这栋房子也算十全十美了，而且因为不适合居住，房租出乎意料便宜，虽然当时物价普遍都很低。这房子还无须交押金，每月只收二十日元，选择这里也是因为看中了这一点。

“娜奥密，你以后就叫我‘让治’吧，不要叫我‘河合先生’了，让我们像真正朋友那样一起生活。”搬家的时候，我对娜奥密说。当然，我把搬家和找了一个十五岁少女当女佣的事告诉了家里人，但并没有告诉他们我们“像朋友一样在一起生活”，家里亲戚很少会来串门，等到有必要告诉他们时，那时候再说也不算晚。

我们开始购买各种各样适合这栋与众不同新居的家具，把它们摆放布置在合适的位置，那段日子每天都很忙碌，却又很开心。我为了激发娜奥密的情趣，哪怕是买一件微不足道的小东西，我也让她拿主意，听听她的看法，并尽可能采取她富有想法的方案。这栋房子没有地方摆放衣柜、长火盆这一类一般家庭用的传统家具，因此我们买家具有相当大的自由，根据两人的喜爱来购买。我买来了便宜的印度印花布，娜奥密把它缝制成了窗帘，从芝口的西洋家具店买来了旧藤椅、沙发、安乐椅和桌子等东西摆放在画室里，在墙上挂了两三张玛丽·碧克馥等美国女明星的照片。本来，我打算床上用品买西式的，但想到买两张床太贵了，而且被褥之类可以让乡下的家里人送来。我想到这里，就打消了这个念头。

让我万万没有想到的是，家里人寄来的是又薄又硬的藤蔓花纹被子，因为我和家里人说的是给女佣用的。这让我感到很愧疚，我对娜奥密说：“这太不像话了，你用我的被子吧。”

“不用，我盖这个就足够了。”

然后她裹上被子，孤零零地睡在阁楼那间六平方米的房间里。我睡在她的隔壁，另一间九平方米的房间里。在早上醒来后，我们就躺在被窝里隔着墙壁聊天。

“娜奥密，起来了吗？”我问。

“起来了，现在几点了？”

“六点半了，今天的早餐我来做吧。”

“你做吗？好吧，昨天是我做的，今天那你就做吧。”

“好，那就我来做好了。但是做饭很麻烦，要不今天吃面包算了，好吗？”

“好啊，你真懒。”

如果我们真的想吃饭，就会用砂锅煮，待煮好后，也不用盛到碗里，而是直接放在桌子上就着罐头一起吃。有时候不想做饭嫌麻烦，就用牛奶、面包加果酱凑合一顿，或者吃一两块西式蛋糕填填肚子。晚上是吃荞麦面或者汤面，想要改善下伙食吃好一点儿的时候，我们就去附近的西餐馆。娜奥密常常对我说：“让治，今天去吃牛排吧。”

早饭过后，我出门去上班。娜奥密上午在家摆弄庭院里的花草，下午就把门锁上，然后出去学习英语和音乐。她说开始学英语，最好跟着西洋人学，所以我让她第二天就去住在目黑的美国老处女哈里逊家里学习会话和阅读，而我在家里帮她复习，以弥补不足。音乐我就不知道怎么办，我本身也一窍不通，之后听说有一个两三年前毕业于上野音乐学院的女子在家中教钢琴和声乐，便让娜奥密去芝街的伊皿子上一小时的音乐课。娜奥密穿着棉绸衣服与深蓝色羊毛裙裤，脚上穿着黑色袜子和小巧合适的鞋子，活脱脱一副女学生的样子。她十分开心，也很勇敢，因为这是她梦寐以求学习英语和音乐的机会。有时我在下班途中偶遇她，她把头发梳成辫子，系着缎带，垂落在肩上，再也没有梳成日本式发髻。我心中感慨，看她现在这副样子，任谁也无法想到她曾在千束町长大并且还做过咖啡店服务员。

我记得我在之前说过，要把娜奥密“当小鸟一样来养”。她和我住在一起之后，脸色变得红润鲜艳，不再是以前那样暗淡的铁青色。她的性格也变得开朗大方，话也多了起来，就如同一只真正的、欢快的小鸟。她的鸟笼就是那间敞亮空荡的大画室。不知不觉间五月就走到了末尾，初夏来临，花坛里鲜花争奇斗艳，万紫千红。在傍晚我们回到家时，阳光透过印花布攀附在四周墙壁上，把整个房间照得如白昼般明亮。娜奥密上身穿着一件法兰绒单衣，脚穿一双拖鞋，在光洁干净的地板上蹦蹦跳跳，嘴里唱着刚刚学来的歌。她有时会和我玩捉迷藏，在画室里跑来跑去，有时跳上桌子，有时钻进沙发下，有时把椅子掀倒，还会爬上楼梯，像老鼠一样在剧场楼座般的顶层走廊上来回跑动。还有一次，我当马，她骑在我身上，在屋子里到处爬。

“驾！驾！……吁！”

娜奥密大喊着，让我咬紧当作缰绳的毛巾。

在有一次玩耍时，娜奥密大笑着在楼梯上飞奔，一不小心踩空了，从楼梯上滚了下来，她立刻就哭了起来。

“怎么样？哪里受伤了？给我看看。”

我急急忙忙地跑过去，轻轻把她抱起来。她流着眼泪着把袖子卷起来，给我看伤口。她的右胳膊有块皮磕破了，有少量的血流了出来，看样子应该是滚下来的时碰到了钉子或者其他什么东西。

“这点儿小事怎么还流眼泪，不怕羞啊？来，我俩给你贴上创可贴。”

我在她的胳膊贴上创可贴，在毛巾上撕下一块布来给她的伤口包扎，娜奥密仍然哭泣着，眼泪鼻涕直流，像一个受了天大委屈的孩子。而且糟糕的是她的伤口没有好转，反而化脓了，过了五六天也没有好，我每天都给她更换绷带，每次她都会哭。

在那个时候，我究竟有没有爱上娜奥密呢？连我自己也无法回答这个问题。只是从现在的情况来看，我恐怕是有一点儿爱上了她。但是我更倾向于把她培养教育成一名杰出的女性，要是成功了，我也就此生无憾了。

那一年夏天，公司给我们放了两周假，按照以前的习惯，我会回乡下看望母亲，所以让娜奥密回浅草的家里住几天，把大森房子的门锁上。在乡下的这几天，寂寞与孤单如同蚊虫叮咬般让我难以忍受。那时我才恍然醒悟，如果没有娜奥密在身边，我是如此百无聊赖，难道这就是爱情开始的兆头吗？我想提前回东京，就对母亲撒谎，随意编造了一个理由。抵达东京时已经是晚上十点左右了，我按捺不住想见娜奥密的迫切的心情，从上野车站出来就乘出租车往娜奥密家去了。

“娜奥密，我回来了。车在门口等着，我们回家吧。”

“好，马上就来。”

她让我在格子门外等着，没过多长时间她就拿着大大小小的行李出来了。那天晚上天气闷热难耐，娜奥密穿着一件宽松的单衣，单衣上面有着浅紫色葡萄花纹，她的头发用十分漂亮又鲜艳的粉红色缎带系着。那块单衣布料是我之前在盂兰盆节买来送给她的，在我回乡的这段时间里，她请人做成了单衣穿在身上。

车子渐渐开进了繁华的街道，我和娜奥密并排坐在后面，脸微微往她倾斜，说：“娜奥密，这几天你都在做什么？”

“我每天都去看电影了。”

“没有感到寂寞吗？”

“嗯，不觉得有什么可寂寞的……”她想了想又说，“你好像是提前回来了。”

“在乡下待着没事可做，很没意思，就提前回来了，还是东京好。”

我叹了一口气，看着窗外灯火辉煌的夜景，亲切的心情难以用语言来描述。

“可是我觉得，乡下的夏天还是很不错的。”

“这得看是什么地方，我的老家在一个十分偏远的地方，附近没有宜人的景色，也没有历史悠久的古迹，从早到晚只有嗡嗡叫的苍蝇蚊子，而且很热，简直让人受不了。”

“啊，原来是这么一个地方。”

“就是这样的地方。”

“我想到海边去游泳。”娜奥密突然说，语气可爱像是小孩撒娇。

“可以啊，就这几天带你去一个凉爽的地方，你想去镰仓还是箱根？”

“去温泉还不如去海边。我真的很想去海边。”

我听着她天真的语气，心想她仍然是以前那个娜奥密，没有变化。但是，我们也就十多天没有见面，她的身体好像一下子成长了很多，我不由自主地偷偷多看了两眼那便隔着衣服也随着呼吸上下起伏的浑圆的肩膀和乳房。

“这件衣服是谁做的？看着很合身。”

“我妈妈。”

“家里人有没有说什么？说了我很会挑布料吗？”

“说了。说是挑得不错，就是花色太洋气了。”

“你妈妈说的吗？”

“嗯，其实他们什么都不懂。”她的目光凝视着远方，“他们都说我像是变了一个人。”

“变成什么样了？”

“变得很洋气了。”

“本来就是啊，我也是这样认为的。”

“是这样吗？他们还叫我梳日本发髻，但是我不想梳，就没有梳。”

“头上的那条缎带是哪里来的？”

“是我自己上街买的，好看吗？”

娜奥密转过头，让我看她系在被风吹起的、毫无光泽的干枯头发上的粉红色缎带。

“很漂亮，比日本发髻漂亮得多了。”

“嘿。”

她耸了耸鼻子，开心地笑了起来。实际上，这样翘起鼻子扬扬得意的笑法已经成了她的坏毛病，但在我看来，倒是显出了她的灵气。

四

在娜奥密一个劲儿死缠烂打下，八月初我终于同意带她去镰仓玩，来个两三天的短途旅行。

在出门的时候，娜奥密有点不开心地说：“好不容易去一趟，就玩久一点儿啊，才玩两三天，真没意思。”

我本来就是向母亲撒谎，说公司很忙所以才提前回来。如果母亲知道了我是去镰仓玩，恐怕不好交代。但是就这样向娜奥密解释，可能会伤到她的自尊。于是我安慰她说：“好了，今年只去两三天，明年我带你去一个特别好玩的地方玩个痛快，怎么样？”

“虽然这样说，但是两三天也……”

“两三天的确是有一点儿短，如果你真的很想游泳，我们回来后可以去大森的海边游泳。”

“那里太脏了，我才不去。”

“好了，不要这样无理取闹，听话才是好孩子。那我给你买一件衣服作为补偿吧。你想要洋装吗？给你做一套洋装，行吗？”

在“洋装”的诱惑下，她终于同意了我的意见。

我们在镰仓旅行时，住在一家并不算高档的海滨旅馆里，名叫金波楼。关于住这家旅馆，其中还发生了一段插曲，现在想想，仍然会觉得很好笑。那时，公司上半年发的奖金我还没有花，手头比较宽裕。因此觉得在这两三天的旅行中，不用太节俭，更何况这还是我和娜奥密第一次出门旅行，心里十分期待。想着不能太吝啬，要在娜奥密的心中留下一个良好的印象，所以最开始我还考虑要住一流的酒店。记得出发这一天，我们坐进开往横须贺的二等车厢时，却有些不自在。因为有很多富贵太太和小姐乘坐这趟火车去往逗子或镰仓，她们个个衣着华丽，靓妆艳服。我们在她们中间显得很是突兀，自己的着装倒还勉强，但娜奥密就显得太过寒碜了。

因为是夏天，这些太太小姐没有打扮得太过奢侈，但娜奥密和她们一比较，能清晰地看见上流社会贵妇人的气质和其他阶层的人之间那道难以逾越的鸿沟。现在的娜奥密虽然与她在咖啡店打工时的样子如同两人，但她卑微的出身、缺乏高等教育的事实，是无论如何也无法改变的。我想，她自己也有深刻的感受。那件常常穿在身上的有淡紫色葡萄花纹的单衣平时觉得很洋气，现在看却是土里土气。周围那些贵妇千金中也有穿单衣的，但无一例外，要么她们手中戴着耀眼闪亮的戒指，要么拿着奢华贵重的物品，一看就明白她们富贵的身份。然而娜奥密除了她那洁嫩的皮肤外，没有一样是可以拿得出手值得炫耀的东西。直到现在我还记得娜奥密有些自卑地把太阳伞藏在衣袖后面。虽然这把伞是新买的，但不管是谁看见了，在心中都会认为那不过是一把七八日元的便宜货。

当我在心里纠结是去三桥住宿还是狠下心多花点钱住进海滨饭店里时，我走到海滨饭店的门口却被它富丽堂皇的大门吓得不敢迈进去。在长谷大街上徘徊了好几次，最终才去了在当地只能算二三流的金波楼。

金波楼里住了很多年轻的学生，一直在吵吵闹闹，没有一刻停歇，因此我和娜奥密总是在海边玩。娜奥密一看到大海就变得心花怒放，火车上发生的沮丧的事情瞬间被忘得一干二净。

“无论如何，我要在这个夏天学会游泳。”

娜奥密拉着我的胳膊，在浅水区里乱蹬脚。我抱住她的身体，让她浮在水面上；有时让她抓紧木桩，而我抓着她的两条腿教她如何打水。有时故意松开她的腿，让她沉下去喝上几口海水。把这些都玩遍了之后，我就教她如何随着浪头漂浮，或者放松地躺在沙滩上。傍晚时分，我们租了一条小船往远海划去。娜奥密常常会在泳衣上披一条大毛巾，她有时坐在船尾，有时头枕着船舷，仰望天空，毫无顾忌地大声唱着她喜欢的那不勒斯船歌《桑塔·露琪亚》。

O dolce Napoli

O suol beato

……

她用意大利语歌唱着，那拔高的声音回荡在傍晚平静如镜的海面上。我一边凝神倾听这动听的歌声，一边轻轻划桨。“划远一点儿，再划远一点儿。”她想要在这无穷尽的大海上任意驰骋。夜幕悄然降临，夜空中闪烁的星星像是对着我们的小船眨眼睛，周围不见光亮，只能看见她身体一个模糊的轮廓。但是，那欢快响亮的歌声仍然在耳畔回荡，她反复地唱着《桑塔·露琪亚》，又唱了《罗勒莱》《流浪者之歌》和《谜娘》中的一小段。动人的歌声随着轻微晃荡的小船在朦胧的夜空上回响……

我想，大抵所有人年轻的时候都有过这样的经历吧，而我却是第一次体验到。我是一个电气工程师，基本与文学沾不上边，平日连小说也很少看，在那个时候，却想起了曾经翻过的夏目漱石的《草枕》中的一句话：“威尼斯正在沉没，威尼斯正在沉默。”我和娜奥密坐在摇晃的小船上，眺望着被海面上升起的雾霭晕染了陆地上灿烂的灯火，然后这句话就突兀地出现在脑海里。我在这种梦幻般如痴如醉的心境中沉醉着，心中的感受难以言说。我是如此的希望我和娜奥密就这样随着小船去到遥远的没有尽头的世界。让我这个不懂浪漫的粗人产生如此感受，光从这一点上来说，这三天的镰仓之行就没有白来。

除了这个，在这三天时间里，我还发现了一个我以前从未发现过的事实。我现在虽然和娜奥密住在一起，她身材如何我却一点儿也不清楚，我就直说了吧，就是想知道她裸体时是怎样的，在这次旅行中，我却有机会看得清清楚楚。因为第二天要去由比滨海水浴，那天晚上，当她穿戴着特意从银座买来的深绿色泳衣和泳帽在我面前出现时，说句老实话，看到她的四肢是如此优美，我内心的惊喜简直快要按捺不住。以前我就从娜奥密平时穿的合身的和服来推测过她身体的曲线，如今一看，和我推测出来是一模一样的。

“娜奥密啊娜奥密，我亲爱的玛丽·碧克馥，你的身体是如此美妙，你的双臂是如此柔软滑嫩，你的双腿如男孩般笔直修长。”我在心中欢呼雀跃，想到了常常在电视里看到的身穿泳衣的活泼开朗的女郎们。

我想，无论是谁，都不愿意用详尽的语言来描述自己妻子身体的细节吧，哪怕后来娜奥密成了我的妻子，要我近乎炫耀般描述她的身体，让大家来阅读，对我来说，不是一件值得高兴的事情。但是，如果不把这段描述写下来，恐怕就会与后面的故事脱节，那我记录这一切就失去了意义。因此，我必须在这里留下对娜奥密十五岁那年八月在镰仓海边的美妙倩影的描述。那个时候。我虽体格壮硕，但身高只有五尺二寸，在男人中算是矮子了。然而娜奥密身体最明显的特征就是腿长但身短，从远处看的话，会觉得要比实际身高高出很多，况且她的身材呈 S 形，丰胸翘臀，腰肢纤细，俨然已具有女人的魅力。当时我们看过的一部电影《海的女儿》是由著名的游泳选手凯拉曼主演的，我就对娜奥密说：“娜奥密，学凯拉曼的姿势做一个给我看看。”

娜奥密站在沙滩上，双手高高伸向天空，做了一个“跳水”的姿势。她两条腿并拢在一起，一丝缝隙也没有，腰部下面到脚后跟的地方形成一个狭长的倒三角形。娜奥密似乎对自己的身材十分满意，得意扬扬地说：“让治，怎么样？我的腿很直吧？”她一会儿在我面前反复走动，一会儿又停下来，坐在沙滩把脚伸直欣赏自己美妙的身躯。

此外，娜奥密还有另一个身体特点，从颈部到肩膀的线条十分好看。她的肩膀……她的肩膀我时常有机会触碰到。娜奥密在穿泳衣的时候，会来到我身边对我说：“让治，帮忙扣一下。”她让我把肩膀上的扣子扣好。像娜奥密这样溜肩颈长的人，如果脱下衣服，整个人看上去就会显瘦，但娜奥密不是这样，她的肩膀格外宽厚和丰腴，胸部十分饱满。我在给她扣上扣子的时候，她有时做一下深呼吸或者动动胳膊，后背的肌肉都会如波浪般起伏，泳衣被结实有力的肌肉紧绷着，仿若随时会断裂开。她的肩膀充满力量，有着年轻人特有的青春与美。我在心中把娜奥密同周围的女孩相比较，发现没有一个人能像她一样，同时拥有丰腴的肩膀和优雅的颈部。

“娜奥密，别动来动去，你再动就扣不上了。”我在扣扣子的时候常常这样说着，手里用力地抓着泳衣的一端，像是把一件大东西塞进袋子，勉强地把扣子扣上了。

娜奥密的身体如此壮实，按理说应当十分好动，性格也该活泼开朗才对。其实，只要是要用到手脚的事，无论是什么，她都能很快就学会。比如说游泳，她只在镰仓学了三天，回去后每天去大森的海滨练习，用了一个夏天的时间就学会了。除了游泳，她还学会了划小船、开快艇。在玩了一整天之后，傍晚时分她拿着湿漉漉的泳衣筋疲力尽地回来了，嘴里说着“啊，累坏了”。她一屁股瘫坐在椅子上，又说：“啊，饿到不行了。”有时不想做饭，在回家时就去西餐馆大吃一顿。娜奥密非常喜爱吃牛排，吃完一份又一份，很快就吃完了三份牛排。

那年夏天的记忆着实太多了，多得怎么写也写不完，所以我打算就在这里打住。在最后，还有一件事不得不提，从那之后，我养成了在她洗澡时，用海绵给她搓手脚和后背的习惯。最开始娜奥密因为很累，一回家就想睡觉，不想去公共澡堂。不得已，我在厨房里用凉水把她身上的海水冲洗掉。

我说：“娜奥密，不洗一下直接去睡觉可不行，身上黏糊糊的，来，坐到这个盆里去，我给你洗洗。”

她很听话，乖乖地坐到盆里，然后我就给她洗澡。这个习惯就这样渐渐被养成了，哪怕是在天气微凉的秋天，她也依然让我给她洗澡，在冬天的时候，我在画室的角落里安放了一个西式浴盆，铺上浴垫，四周围上屏风，整个冬天也都在这里给她洗澡。

五

细心的读者想必通过之前的记录，猜测我和娜奥密的关系已经超出普通朋友的范畴。但事实并非如此，我们只是相处时间久了，在两人心中生出一种类似于“理解”的东西。况且在我眼中，她还只是一个十五岁的孩子，而我呢，就像前面所说的是一个未曾接触过女人、对女人一无所知的正直庄重的“君子”，最重要的是我认为应该对她的贞操负责，因此很少被一时的冲动所驱使，去做超出“理解”范围的事情。我心里十分清楚，我若想要娶妻，除了娜奥密外，找不到其他合适的人。即便能找到，我也不会狠心地抛下她和别人结婚。正是这种根植于我的脑海中的想法，我才不愿意用玩弄或玷污的态度来对待她的第一次。

我和娜奥密第一次发生那种关系是在第二年，娜奥密虚岁十六的时候。时值春天，四月二十六日。之所以记得这么清楚，是因为从那时起，不，从很早以前，就是第一次给她洗澡开始，我每天都在日记中记下娜奥密每天发生的各种各样的趣事。

那时娜奥密身体发育得十分迅速，俨然可以看作是一个成熟的女人了。就像是一位刚刚生下孩子的年轻母亲，把孩子的成长过程譬如什么时候“第一次笑了”“开始会说话了”详尽记录下来。我正是以这样的心情把我和娜奥密在生活中值得纪念的事写在日记里。直到现在，我也时常把这些日记拿出来翻看回味。大正某年九月二十一日，也就是娜奥密十五岁那年的秋天，一篇日记上这样写着：

晚上八点，我给娜奥密洗澡。因为在海里游泳，身体被晒得很黑，只有泳衣遮盖的地方是洁白的，我自己也是一样。不过娜奥密的皮肤白皙，印记十分显眼，即便是裸着身子也像是穿着泳衣。我对娜奥密说你的身子像斑马。她觉得很好笑，笑了起来……

大概一个月后，十月十七日的日记里写道：

被太阳晒得脱皮的地方正渐渐好转，肤色比之前更加洁白有光泽。我给她洗胳膊时，她一言不发地注视着胳膊上消失破灭的肥皂泡，我说“真好看”，她也跟着说了一句“真好看”，接着又补了一句“我说的是肥皂泡”……

十一月五日的日记是这样写的：

今天晚上第一次用西式浴缸，娜奥密很不习惯，哧溜哧溜在浴缸里坐不稳，她一边尖叫一边笑着。我说她是“大娃娃”，她叫我“小爸爸”……

从这之后，我们就经常用“大娃娃”和“小爸爸”来称呼对方，每次娜奥密缠着我的时候，都会叫我“小爸爸”。

我在日记上面加了一个标题——《娜奥密成长记录》。日记上面记录的当然都是关于娜奥密的事情。后来，我买了一架相机，把她那张越长越像玛丽·碧克馥的漂亮脸蛋从不同角度，利用不同光线一一拍下来，然后放在日记本里。

说起日记似乎把话题扯远了。总之，通过日记我们可以知道，我和娜奥密的关系变得密不可分是在搬进大森后第二年的四月二十六日。实际上，在我们之间早就默默形成了一种“理解”，所以并不是一方勾引另一方，我们没有说过一句话，事情自然而然地就发生了。事后娜奥密在我耳边说：

“让治，不要抛弃我。”

“肯定不会，放心好了，你应该是非常了解我的啊……”

“我知道，但是……”

“啊，你是什么时候知道的？”

"嗯，是从什么时候开始的呢……"

"我说要把你带回家照顾你的时候，你是怎样看待我的？你知道我把你培养成一个优秀的女性并打算和你结婚吗？"

"我想过你可能是这样的打算，但是……"

"这样说的话，你搬到这儿来住，就已经做好嫁给我的准备喽？"

还没等她回话，我就紧紧搂住她，接着说："谢谢你，娜奥密，你能如此理解我，真的太感谢了……其实，我也没想到你会越来越长得符合我的理想。我实在是太幸运了，这辈子我都会疼爱你……只疼爱你一个人……就像世上所有恩爱的夫妻那样，不让你受委屈。请相信我，我是为你而活着。无论你有什么样的要求我都会答应你，你也要努力去成为一个优秀的女人。"

"好的，让治先生，我一定会努力的，成为让你满意的女人。"

娜奥密眼中流下了泪水，我也跟着流下热泪。那天晚上，我们在一起讨论着未来，丝毫没有睡意，一直说话到天亮。

没多久，我利用周六下午和星期天回了一趟老家，第一次向母亲说了娜奥密的事情，我告诉母亲一是为了让娜奥密放心，因为她害怕我的家里人会对此有什么看法；二是我想光明正大地办自己的婚事，把自己关于"结婚"的理由和为何会娶娜奥密，用老人能明白的话语告诉母亲。母亲十分了解我，也很信任我。她听我说完之后，就只说了一句话：

"你既然有此打算，把她娶过来也不是不可以。不过，她那个家庭恐怕事多，今后你要注意一点儿，不要惹上什么麻烦才是。”

我打算两三年后再结婚，现在最重要的是先把娜奥密的户口迁过来，于是我马上到千束町找到娜奥密的家人。她的母亲和哥哥本就抱着无所谓的态度，事情很快就办妥了。虽然娜奥密的家里人对她的婚事毫不关心，但也不是市侩刁蛮之人，没有趁此机会提出过分的要求。

不用说，我和娜奥密的关系迅速升温。虽然还没有告诉别人，表面仍然像朋友一般相处，但我们实际已经是名正言顺的夫妻了。

“嘿，娜奥密。”有一次我对她说，“我们以后仍然像朋友一样过日子，一生都这样怎么样？”

“好啊，那你会一辈子都叫我‘娜奥密’吗？”

“嗯，要不叫你‘太太’？”

“不，我不喜欢……”

“那就叫你‘娜奥密女士’，怎么样？”

“我不喜欢‘女士’这个词，还是叫我‘娜奥密’好。若有一天我希望你叫我‘女士’了，那时你再叫吧。”

“这样说来的话，我就一辈子只能当‘让治先生’喽。”

“没办法啊，又没有其他的称呼。”娜奥密躺在沙发上，手里拿着玫瑰花，把娇艳的花瓣贴在嘴唇上玩弄着，突然说：“对吧，让治先生？”她扔掉玫瑰花，张开双手搂住了我的脖子。

“我可爱的娜奥密。”我被她紧紧搂着，头被捂在她衣袖下面，几乎让我窒息，“我可爱的小娜奥密，我爱你，还崇拜你。你是我最爱的宝贝，是我亲自发现、雕琢的一颗钻石，为了让你成为一个优秀的女人，我愿意为你买任何东西，哪怕把我全部的工资给你也无所谓。”

“好了，不用这样。我只想多学学英语和音乐。”

“好吧。那我马上给你买钢琴，这样你就和西洋人相差不远了，成为一个淑女，我相信你一定能做到的。”

我经常会说“在西洋人面前”或者“像西洋人那样”这类的话，娜奥密也十分喜欢听。

“怎么样？我现在这个样子，有没有很像西洋人？”她常常在镜子面前做出各种各样的表情，然后问我。她每次看电影的时候都十分注意女演员的动作神态，什么“皮克福是这样笑的”“皮娜·梅尼凯莉的眼神是这样的”“吉拉尔汀·法拉尔是这样扎头发的”等，到了最后，她沉迷其中，把自己的头发解开，模仿梳着各种各样的发型。她能在瞬间捕捉到女演员的特征和内在，这正是她天赋异禀的地方。

“你模仿得实在是太像了，连演员也做不到这个地步，肯定是因为你长得很像西洋人。”

“真的吗？到底是哪里像了？”

“鼻子和牙齿很像。”

“啊，我的牙齿吗？”

她张开红润的嘴唇，对着镜子细细观赏自己的牙齿。她的牙齿排列整齐，均匀有光泽，十分漂亮。

“因为你长得不像日本人，所以穿上和服不好看。要不你以后就穿洋装吧，即便是要穿和服，也要穿样式新颖的。”

“什么样的和服才算样式新颖的？”

“以后啊，女性的风气会越来越时尚，因此那种看上去呆板笨拙的衣服就不要穿了。”

“我穿窄袖和服，系上宽腰带，这样也不行吗？”

“窄袖和服当然也可以。其实穿什么都可以，最主要的是衣服要很新颖。有没有一种样式既不像日本式，也不像中国式或者西洋式的……”

“如果有这样的服装，你要给我做吗？”

“当然了。我还要给你做千万种不同的衣服，让你每天都能换一套新衣服穿。不一定会用精纺绸缎之类的高档料子，用薄毛料和绵绸也是可以，但样式一定要新颖。”

最后，我们经常去绸缎店或者百货公司寻找心目中想要的面料。在那段时间，我们差不多每个星期天都要去三越或者白木屋百货公司寻找面料。一般的面料我们看不上，想要的满意的花色图案一时又难以找到。一般的绸缎店找不到，就去印花店、床上用品店以及出售洋装布料的商店里去找，甚至专门去了横滨，在华人街和给外国人开的布料商店里寻找。一整天下来，两人都累得筋疲力尽，即便如此，也依然拖着两条僵硬得没有知觉的腿一家接一家地转，寻找想要的东西。走在路上，眼睛一刻也未曾歇息过，随时随地都在观察西洋人的着装，留意橱窗里的衣服布料，偶尔发现新颖的东西，娜奥密便大叫道：“快看，那块布料怎么样？”然后走进店里，让售货员把布料拿出来，娜奥密拿着布料在身上比画着，从下巴处一直垂到脚面，有时还把布料裹在身上反反复复地看。即便我们什么也没有买，但已经感觉到十分开心了。

近来，日本的妇女开始流行用玻璃纱、乔其纱和棉巴里纱等布料来做衣服。我们两个首先注意到了这一点。事实上，娜奥密很适合穿这些面料做成的衣服，但样式不能像传统服饰那样呆板，而应该做成窄袖衣服，或者是睡衣，或者是内衣。有时候还用布料直接裹在赤裸裸的身上，用别针别住。这样打扮自然不会穿着到外面去，只是在家里站在镜子面前自我欣赏，摆出各种优美的姿势来拍照。这些白色、玫瑰色和淡紫色的衣服犹如薄纱般包裹着她美妙的身躯，宛若一朵娇艳的鲜花般动人美丽。我对她说“做这个姿势看看，做那个姿势看看”，把她轻轻抱起来又放下，一会儿让她走两步，一会儿又让她坐下，一直能欣赏好几个小时。

如此，娜奥密的衣服一年下来多了好多。她狭小的房间里已经容不下这么多的衣服，因此她把衣服随意挂在各处，或者干脆直接揉成一团扔在一边。如果买一个衣柜，应该能避免这种事情发生。但我又想到买衣柜的钱可以用来多买几套衣服，而且这是我们的一种爱好，没有必要精心呵护。衣服虽多，但基本是便宜货色，买来就穿，穿坏了直接扔掉便是，衣服随手挂在眼睛看得见的地方，换起来也相当方便，而且，这样还可以装饰房子。于是，画室就像是演戏的化妆间一样，衣服随处可见，在椅子上、沙发上、墙角里，甚至楼梯上和顶层平台的扶手上都堆满了衣服。这些衣服很少清洗，又是贴身穿着，所以件件都很脏。

这些衣服大多数是奇装异服，约一半能穿出门。娜奥密很钟爱一套用缎子做的夹衣和外套。缎子其实是棉丝纺，外套和里面都是紫红色无花纹的和服，草履鞋的鞋带和外套的系带也都是紫红色。其他的如衬领、腰带、带扣、内衣的袖里、袖口、镶边……清一色为淡蓝色。腰带也是用棉丝缎做的，做成了中间薄的窄幅腰带样式，这样系的时候可以勒得很紧以突出胸部。这身衣服大多数是娜奥密在晚上看戏时才穿，当她穿着这身闪闪发光的衣服走在乐座剧院或者帝国剧场的走廊上时，每个人都会回头看她。

“那个女人是谁？”

“演员吗？”

“混血儿？”

当我们听到别人的悄悄议论声时，心里得意扬扬，在走廊上故意来回徘徊。

连这样的衣服都能吸引人们的目光，即便娜奥密再怎么追求与众不同，也不敢穿着比这件衣服更奇特夸张的衣服出门了。这些衣服实际上不过是容器，可以让我把娜奥密装进各种各样的容器里以便欣赏，就如同把鲜花插进不同的花瓶里欣赏一样。因为娜奥密是我的妻子，也是世间少有的布娃娃，所以对我的行为不会感到奇怪。在家里她穿的都是这些样式奇特的衣服。其中有一套衣服是从一部什么美国电影里女扮男装的演员服装上得到启发的，用黑天鹅绒做成了三件套西服，这套衣服是她最贵的衣服。她穿在身上，头发盘在头顶，戴上鸭舌帽后，顿时就有一种小猫般的妩媚感。夏天不用说，哪怕是在冬天，也会生起炉火让她穿上宽松的睡袍或者泳衣。她有各种各样的鞋子，光拖鞋就不知道有多少双，最好看的是中国的绣花鞋，她不怎么喜欢穿袜子，经常是光脚穿鞋。

六

那个时候，我一方面想方设法让娜奥密开心，让她去做想做的事情，另一方面，也并未放弃把她培养成为优秀、出色的女性的初衷。但是，仔细想一想，关于“优秀”和“出色”所涵盖的意思我自己也十分不清楚，在我单纯的头脑里只有一个十分模糊的概念，就是“无论在哪里都可以撑得起场面的时髦现代女性”。把娜奥密培养成“优秀女性”，同时又“像布娃娃一样爱护她”，这两者能并列不相悖吗？现在来看，这种想法实在是愚蠢之极，但当时我沉浸在爱情里，脑子都变得糊里糊涂，连如此浅显易懂的道理都没想明白。

“娜奥密，玩归玩，但还是要学习的。只要你以后成为优秀女性，你想要什么我都给你买。”

这句话俨然已成为我的口头禅。

“我知道了，一定好好学习，成为优秀的女人。”

每当我这样说，她就会这样回答。在吃完晚饭后，我会帮她复习半个小时的英语会话和阅读。在这个时候，她一般穿着黑天鹅绒西服和睡袍，靠在椅子上，如同玩玩具般用脚尖拨弄着拖鞋。不管我语气多么严厉，她还是一边“学习”一边“玩”。

“娜奥密，你现在是什么姿势！学习的时候必须端正坐好。”

每当我说完这句话后，娜奥密就立马把肩膀缩起来，用小学生般娇气的语气说：“知道了，老师，对不起。”或者说：“河合老西（老师），请你原谅我。”

有时，她说完后会偷偷看看我的脸色，有时还会把她的脸蛋儿突然凑上来。“河合老师”自然也不忍心对面前可爱的学生严加责备，于是到最后成了一场孩子气的恶作剧。

我不是很清楚娜奥密的音乐成绩，她学英语从十五岁到现在已经快两年了，并且是哈里逊小姐亲自教导。她从第一册阅读课本开始学，到现在已经学到第二册多一半了，会话的教材用的是 *English Echo*（《英语同步》），语法教材用的神田乃武的 *Intermediate Grammar*(《中级语法》)，想来她的英语水平应该和初中三年级相当。但不管怎么往好了想，她的水平顶多处于初中二年级。这一点我觉得很不可思议，便去找哈里逊小姐了解情况。

“不，不，并不是这样。这个孩子很聪明，英语学得非常好。”面对我的疑问，胖圆脸上挂着和善笑容的老小姐说。

“我不否认，她的确很聪明，正是如此，她的英语应该不会太差。阅读倒还好一点儿，但是把英语翻译成日语、语法解释就……”

“不，这就是你的不对了，你的这个想法是错误的。”这位老小姐微笑着打断了我的话，“日本人想的都是语法和翻译，这其实是错误的。学习英语的时候，脑袋里不要想语法，也不要去翻译。最好的方法就是一遍又一遍阅读英语原文，娜奥密发音很不错，念得也十分流畅，自然而然会变好的。”

老小姐的话确实有一定的道理。但我并不是要她系统地掌握语法规则。她学英语已经两年了，阅读课本也念到第三册，但一些基本的语法如过去分词的用法、被动语态的组合和虚拟语气的用法应该会吧，但是当她把日语翻译成英语时，句子糟糕得不能看，甚至初中的差生都比她强。即便朗读得再好，她英语的实际水平也不见得能提升。真不知道这两年教了些什么又学了些什么。但是，老小姐仿佛没看到我难看的脸色般，依然淡定沉稳，不慌不忙点着头，反复地说着：“那个孩子很聪明。”

以我看来，外国老师对日本学生似乎都有种偏袒。如果说这个说法不正确，那就改说成“先入为主”吧。意思是，他们只要一见到长相可爱很像西洋人、穿着时髦的少男少女时，就一口咬定他们十分聪明，老小姐更是如此。哈里逊小姐一直称赞娜奥密，恐怕也是因为这个，所以她才认为娜奥密是一个“聪明的孩子”。娜奥密牙齿整洁均匀，又有声乐素养，因此她的声音很好听。一听到她那优美的声音，就觉

得一定能学好英语，而像我这样的人绝对是望尘莫及。哈里逊小姐一定是被娜奥密的声音所蒙骗，才会对她赞不绝口。我在哈里逊的房间的梳妆台上，看见了很多娜奥密的照片，可见她是多么喜欢娜奥密。

我对哈里逊小姐的教育方法和理论不是很满意，但想到她这样一个西洋人都如此喜爱娜奥密，不停地称赞她，这让我很高兴，如同在称赞我一样。本来我——不仅是我，大概每个日本人——在西洋人面前都很不自信，连说出自己想法的勇气都没有，因此当听到哈里逊小姐用她那语调怪怪的日语口若悬河的时候，我原本想说的话都说不出来了。心想她既然执意如此，我就按照自己的方法做，学习上有不足的地方，我在家里给娜奥密辅导就是了。

“没错，确实是这样。如您所说，现在我明白了，放心了。”我自动过滤掉她的话，脸上露出讨好的笑脸，最后回家了。

“让治，哈里逊老师跟你说了什么？”

当天晚上，娜奥密傲慢地问我。她仗着哈里逊老小姐对她的宠爱，已不把我放在眼里。

“她说你学得很不错，但是，我认为她不了解日本学生。以为只要阅读流畅、发音准确就能学好英语，这个想法大错特错。你的记忆力确实很好，很会背书，但只要一让你翻译，你就一句也不会，这和鹦鹉学舌有什么区别，这样下去，再怎么学也没有用。”

这是我第一次在娜奥密面前动怒。她仗着有哈里逊老小姐撑腰，一副耀武扬威的样子，似乎在说“你现在知道了吧”。她这个样子除了让我更加恼火，也让我担忧是否能把她培养成“优秀的女人”。英语的问题先放一边不说，如果连语法规则都搞不明白，这样的头脑怎么不让人担心她的前程？男孩子在初中学习几何、代数是为了什么？并不是要在实际生活中运用，目的在于锻炼他们缜密的逻辑思维。眼下女孩没有这样的头脑还无所谓，但以后女性肯定不会如此，更何况还是要成为“不比西洋人逊色”的“优秀”的女人，没有组织才华、分析能力，着实令人担心。

我多多少少有些固执，以前只复习半个小时，现在每天必定会花一个小时或者一个半小时来教她日译英和语法。在这段时间里，我不停地训斥她，绝不让她边学边玩。娜奥密所欠缺的是理解能力，于是我故意在细微的地方只给一点点提示，让她自己去发现问题，引导她独立思考的能力。比如在学习被动语法时，我马上就给出一道应用题，说：“你把这句话翻译成英语，只要刚才听懂了，就一定能翻译出来。”

我说完这句话后，就一直默不作声等待着，如果她最后给出的答案是错误的，我也不告诉她哪里错了，只是让她一遍又一遍地重做。

“看看你，这不是还是没明白吗？再去看一遍语法，重新做。”

如果她还是不会做，我控制不住怒气对她怒吼：“娜奥密，你究竟怎么回事？这么简单的题你都不会，你到底几岁了……同样的错误纠正好几次了还是不会，你有没有脑子？哈里逊老师还说你很聪明，我看你简直笨得要死。这都不会做，到学校里去也肯定是差等生。”

娜奥密生气地紧绷着脸，往往最后哭了起来。

平时我们的关系甚好，耳不离腮，相处也十分欢乐，几乎未曾吵过架，可以说是世间最融洽和恩爱的情侣了。但是，只要到了学英语的时候，两个人的心情都沉重压抑，如同上坟一般，整个房间如同弥漫着阴沉的乌云。我每天都要对她发火，她也每天鼓着腮帮一脸不开心。之前两人明明还那么欢乐地在一起玩闹，现在却像是敌人一般互相仇视着对方。到了这种时候，我都忘记了要把她培养成优秀女人的初衷，对她不开动脑筋心急如焚，从心底厌恶她。如果她是一个男孩子，我肯定会扇她一个耳光来泄气。即便不打她，也会指着她的鼻子歇斯底里地骂她是“笨蛋”。有一次，我被她气得狠狠打了一下她的头。没想到娜奥密竟产生了逆反心理，什么话也不说，会的问题也不回答，终日以泪洗面，抽抽噎噎，就好像厕所里的石头又臭又硬。娜奥密倔强起来，让人毫无办法，最后我只得服输，事情也不了了之。

期间还发生过一件事，我很多次告诉过她“doing”“going”等现在分词前面要加助动词“to be”，但她依旧不会，还是会出现“I going”“He making”这类明显的错误。我胸中火气一下子就上来了，对着她连骂了好几声“笨蛋”，然后又耐心地给她详细解释，嘴唇都说干了，最后让她按照过去时、将来时、将来完成时、过去完成时等各种时态把“going”进行变化，她还是不会，写成“He will going”“I had going”。我气得使劲用铅笔敲桌子，对着她吼道：

“笨蛋啊！你简直是笨蛋！要我说多少次你才明白，不能写成‘will going’‘have going’，你怎么就不明白呢？你要是学不会，就一直做下去，哪怕做整整一晚上，也一定要学会才行，不然我不会放过你。”

我把练习本推到娜奥密面前。她紧抿着双唇，面色铁青，一双眼睛恶狠狠地看着我，然后突然抓起练习本，把它撕了个稀巴烂，又“啪”的一声扔在地上，接着又恶狠狠地看着我，那副样子，要把我生吞活剥了似的。

我被她野兽般凶狠的气势一下子吓住了，过了片刻才回过神来，说：“你这是想干什么？是要反抗我吗？你以为学习是随随便便的事情吗？你自己说过要努力认真学习，成为一个优秀的女性，这些话都被你吃掉了吗？还把练习本撕掉？为什么要撕掉？赶快认错，不然我不会饶你！今天就从这个家里滚出去。”

娜奥密仍然不说话，铁青的脸上，流露出如哭泣般的笑。

“好，既然你不肯承认错误，那么现在就给我滚出去！立刻！马上！出去！听见没有？出去！”

我想不给她动点真格的，她以为我在说笑。于是我站起身，把两三件扔在一旁的衣服揉成一团塞进包袱皮里，又到二楼拿了钱包，掏出两张十日元的钞票塞到她手里，说：“好了，娜奥密，你的衣服都在这个包袱里，我已经给你收拾好了，你今天晚上回浅草。还有这二十块钱，虽然不多，但当零花钱足够了。等冷静几天我们再谈谈，把事情说清楚，其他的行李我明天再给你送过去……嗯？怎么了？娜奥密，你怎么不说话……”

娜奥密虽然还是没认错，但说到底她还是个孩子，看见我生气发怒，似乎有些害怕，低着头局促不安，像是在后悔。

“你脾气也真倔，但我也不是开玩笑。如果你认为自己做错了，就认个错。不愿意认错的话就回去吧……喂，说话！到底是认错还是回去？”

娜奥密摇摇头，表示不想回去。

“你是不想回去喽？”

她点了点头。

“好，那你是要认错吗？”

“嗯。”她又点了点头。

“你肯认错的话，我就饶了你。但你必须低头认错。”

娜奥密没办法，双手撑在桌子上，脸上带着一丝蔑视，十分敷衍地低下了头，算是认错了。

不知道她这种桀骜不驯、肆意撒泼的性格是天生的，还是我宠溺的结果，总之，我越来越感觉她的性格变得放肆。不，也许不是最近才这样的，而是在她十五六岁的时候已经如此了，我当时只是觉得是小孩子的撒娇，没有认真对待，随着她慢慢长大，她的脾气也达到了让我无计可施的地步。以往不论她怎么撒娇耍泼，只要我板着脸说两句，她就会收敛一些。但是最近一段时间，稍微有一点儿不如意，立刻紧绷着脸撇着嘴。如果哭上两声，倒还觉得有可爱之处。然而不管我如何严厉地斥责她，她都装作没有听见，一滴眼泪都不流。她有时翻起眼皮，那锐利的眼睛里仿佛有着巨大的电量让人无法直视。那双眼睛根本不是女人能拥有的，炯炯闪亮，亮得让人不敢直视，拥有一股高深莫测的魅力，只要被她瞪上片刻，身上的寒毛都立了起来。

七

那段时间，失望和爱恋这矛盾的两者在我心中激烈地争斗着。无论我再怎么偏心，也无法否认一个事实。那就是我自己眼光差看错了人，娜奥密并不是我所期望的那样是聪明透顶的人。我已经非常明白让她成为优秀女性的愿望永远也实现不了了。我对她十分失望，出身卑微这点终究无法改变，住在千束町的姑娘一辈子只能在咖啡馆当服务员，哪怕让她接受教育也没有作用。但是，一方面我对她感到失望透顶，另一方面却被她的肉体深深吸引。是的，在这里我故意用了“肉体”这个词语，与精神上的东西丝毫没有关系，指的是她的皮肤、牙齿、嘴唇、头发、眼睛以及其他所有的形态美。换句话说，她在头脑上辜负了我的期望，肉体上的美色却不断增加，甚至超出了我的预想。

“愚蠢的女人”“不可救药的东西”，我越是这样想，越是沉浸在她美色的诱惑里。于我而言，实在是一件不幸的事情。我渐渐忘记要把她“培养成优秀女人”这一单纯的初衷，并且让事情往相反的方向发展了，等我恍然大悟觉得这样下去不行的时候，事情已经到了连我也束手无策的地步。

“人生不如意之事十之八九。我原本是想把娜奥密的精神和肉体都培养成优秀的地步。现在看虽然精神方面失败了，但是肉体方面却十分成功。连我也未曾想到她的肉体竟会变得如此诱人美妙，肉体已足够弥补了精神上的失败，甚至还绰绰有余。”我这样安慰着自己，好让自己因此而感到满足。

“学英语的时候，最近你似乎不怎么骂我笨蛋了。”

娜奥密敏锐地察觉到了我心情的变化。尽管她学习不怎么样，但察言观色方面是相当厉害。

“说得再多，反正你又不听，结果都事与愿违，所以我就改变方针了。”

“噢。”她冷冷地笑了一声，“本来就是嘛。‘笨蛋、笨蛋’地被你一通乱骂，我才不会听你的话。其实那些问题我差不多都会，故意想气你才说不会，你难道没有看出来吗？”

“噢，是吗？”我心里知道娜奥密在装腔作势、不愿认输，故意装作很吃惊的样子。

“这当然喽，那么简单的问题，谁都会做。只有你以为我不会做，你才是笨蛋。每次你一发火，我都在心里笑。”

“完全没想到啊，我彻底被你骗了。”

“怎么样？我比你聪明吧？”

“嗯，你聪明，我比不上。”

听着此话，她得意地放声大笑起来。

各位读者，我要在这里讲一件很好笑的事，但是，请大家看的时候不要笑。在上初中的时候，我在历史课上听过安东尼和克里奥帕特拉的故事。也许各位读者都知道这个故事，当安东尼在尼罗河上与屋大维的军队开战的时候，跟随安东尼一同前来的克里奥帕特拉看到形势不对，马上调转船头逃跑了。安东尼看到这位薄情寡义的女王自顾自地逃跑，在生死存亡的紧急关头，把战争大局弃之不顾，自己跑去追赶女王……

“同学们，”当时的历史老师说，“这个叫安东尼的男人正是因为跟在女人屁股后面，才输掉战争、丢掉性命的。历史上再没有比他更愚蠢的人了，他已经成为绝无仅有的千古笑话。呜呼，英雄豪杰竟也如此可悲……”

老师讲的时候十分滑稽好笑，同学们都哄堂大笑，我自然也是其中之一。只是我非常感到好奇，安东尼为什么会如此迷恋那个薄情寡义的女人呢？不仅仅只有安东尼，在他之前，还有像恺撒那样的绝世英豪也因为克里奥帕特拉而颜面尽失。像这样的例子多得数不过来，只要研究一下德川时代诸侯的家族纷争或者一个国家治乱兴衰的历史，在背后都必定能找到蛇蝎心肠妖妇的阴谋诡计。这些精心策划的阴谋诡计是不是一旦中套就满盘皆输了呢？然而并非如此，无论克里奥帕特拉是多么诡计多端的女人，智慧也绝对不会比安东尼和恺撒多。她是否真心，说的是真话还是假话，即便不是英雄，只要稍加留意就能搞明白。明明知道自己正遭杀身之祸，却还是要一头栽进去，那就太没用了。我想，如果事实的确如此，那么这些大英雄也没有多了不起。对于老师的评价，说安东尼是“绝无仅有的大笑话”“史上再没有比他更愚蠢的人了”的评价表示肯定。

现在我脑子里还能回想起老师说的这段话，浮现出我和同学们一起大笑的模样。每次想到这里，我都觉得自己没有嘲笑别人的资格。因为我知道且十分理解罗马的大英雄为什么会变成傻瓜，安东尼为什么中了妖妇的诡计，我甚至很同情他们。

世上人们常说：“女人欺骗男人。”但是在我看来，那些女人不是一开始就欺骗男人。男人一旦痴迷一个女人，不管她说的是真话还是假话，都会觉得很可爱。当女人虚情假意流着眼泪依靠在男人怀里时，男人就会装作很大度的样子，心想：“哈哈，想用这种小手段来骗我。不过，这个小妞倒是挺可爱。你的手段我已经看穿了，既然你想要一耍小聪明，那我就假装中计一次吧……”

换句话，男人就像是哄孩子高兴的心情一样故意上当。所以男人并不认为自己被女人骗了，反倒认为是自己把女人骗了而在心中暗自得意。

我和娜奥密现在的情况正是如此。

“所以我比你聪明啊。”娜奥密说，她觉得已经骗过了我。我假装糊涂，做出一副被骗了还没有明白的样子。对我而言，揭穿她的把戏，还不如假装不知，看着她得意扬扬的样子，我心里也感到高兴，甚至可以解释为是为了自己的良心上得到满足。哪怕娜奥密是一个不聪明的人，让她以为自己很聪明，也不算是一件坏事。日本女人最大的缺点就是没有坚定的信心，和西洋女人相比，总是显得弱势畏缩。现代选美的标准，比漂亮脸蛋更重要的是落落大方的举止和显示才华盖世的气势。即便不能增加自信，让自己感到满足也是可以的，认为“自己很聪明”“自己很美丽”，最后真的就会变成美人。正是因为这样，所以我没有纠正娜奥密自以为聪明的毛病，反而推波助澜，经常让自己被她欺骗，以增强她的信心。

举个例子来说吧。那个时候我和娜奥密常常一起下军旗和打扑克。如果我认真起来，她肯定赢不了我。但我总是让着她，尽量让她赢，所以她渐渐认为自己“在论输赢的游戏上是个高手”。

所以，她常常以藐视的态度来挑战我：“让治，我们再来一盘，我要让你输个精光。”

“来就来，谁怕谁。这次我要复仇。如果我认真下，你肯定会输的，但想到你只是一个孩子，不知不觉就马虎大意……”

“算了吧，等你赢了我再夸下海口吧。”

“好，这次一定要赢你。”虽然这样说，但我依然故意走错几步，输给了她。

“怎么样？让治先生，输给了一个小孩子不觉得很憋屈吗？你已经不行了，再怎么都下不过我。喂，三十一岁的大男人居然输给了一个十八岁的孩子，你这是根本不会下啊。”

她越说越得意，开始说一大堆讽刺的话，什么“岁数大不如脑袋灵光”“自己是大笨蛋就算生闷气也没用”，说完鼻子照样“哼”了一声，耀武扬威地看着我。

但是，真正可怕的还在后面。起初我是为了讨娜奥密欢心才故意让着她，至少我认为是这样。就这样逐渐养成了习惯，没想到娜奥密真的有了巨大的自信，无论我多么认真对待，都已经无法压制住她了。

人与人之间的胜负不光要靠智商，还要有“气势”，就是所谓的“动物电”。在赌博中更是如此，娜奥密在和我决战的时候，一开始就气焰熏天，抢得先机。我却毫无防备，被她步步紧逼，心生胆怯，最后输得体无完肤。

“这样玩没意思，我们赌钱玩吧。”

玩到最后，娜奥密尝到了甜头，不赌钱就不玩。她每次都赢，我则相反，每赌必输。娜奥密一分钱都没有，却可以随便以十日元、二十日元为赌注，随心所欲地从我这里拿取零花钱。

“啊，如果有三十日元，就可以买下那件衣服了……我们再来玩一把扑克吧。”

娜奥密经常这样向我发起挑战。当然，她也有输的时候，这时候她就会耍一些小手段。如果十分想要这一笔钱，无论用什么手段，她

都要拿到这笔钱。

娜奥密在赌博的时候，为了随时能玩把戏，身上总是穿着一件宽大的睡衣，而且还穿得松松垮垮不成样子。一旦发现局势不利，她就开始放荡起来，扯拉衣服，伸出双腿，不正经地坐着。如果这一招不行，她就靠在我的膝盖上，伸手摸我的脸，捏着我的嘴轻微摇晃着，想方设法来诱惑我。我真的很怕她这一“手”，尤其她还有一个绝招——这里不便做描写。总之，一旦她实施这个绝招，我的思想都停转了，脑袋晕晕的，眼前变得昏暗，什么赌博之类的事，早就抛到脑后去了。

“娜奥密，你太狡猾了，竟然搞这种名堂……”

“我才不狡猾，这也是一种手段啊。”

我几乎快要晕倒，眼前景物变得朦胧，能听见她清脆的声音，却只能模糊看见她那张娇媚的脸，那张浮现出如嘲讽般奇怪笑容的脸……

“你太狡猾了，打扑克怎么可以这样……”

“哼，怎么不可以呢！女人和男人赌博，就是要用尽各种手段。我小时候在家里看见姐姐就是用各种招数和男人一起玩纸牌啊。打扑克和玩纸牌不都是一样吗……”

直到此时我才恍然，安东尼大抵也是如这般在克里奥帕特拉面前渐渐失去抵抗力，最后彻底被征服。让自己喜爱的女人拥有自信，本是一件好事，但结果是自己失去了自信。这样就不能战胜女人的优越感，随之而来的是由此滋生的各种意料不到的祸患。

八

娜奥密十八岁那年，九月初一个炎热的傍晚。因为公司暂时没工作，我就提前了一个小时下班回到大森的家里。刚一进门，就在院子里看到一个陌生的男孩在和娜奥密说话。

那男孩年纪看上去和娜奥密差不多， 最多不超过十九岁。棕黄色的脸庞，眉毛很浓，五官还算俊朗，长满了粉刺。他穿着一件白色碎花单衣，头上戴着美国人喜欢的那种草帽，草帽上有一条鲜艳的绸带，一边用文明棍敲打脚前的地面一边说话。娜奥密蹲在他身旁，身体被花坛挡住，看不见她的表情，只能从百日草、花魁草以及盛开的美人蕉的罅隙中隐隐约约地看见她的侧脸和头发。

“那么，我就先走了。”男孩看见了我，摘下帽子对我点点头，算是打过招呼，然后对娜奥密说，一边匆匆往门口走去。

“好，再见。”娜奥密站起来说。

男孩脸向后说了声“再见”。他从我面前经过的时候手放在帽檐上，好似故意遮挡自己的脸。

“那个人是谁？”我好奇地问娜奥密，心里并不是嫉妒，只是觉得刚才的场面有些奇怪。

“那个人啊？是我的朋友，名叫滨田……”

“你什么时候交的朋友？”

“很早以前了，他也是去伊皿子学习声乐的。虽然他满脸粉刺，脏兮兮的，但是唱歌很好听，是个很好的男中音。前几天我们还一起表演了四重唱呢。”

娜奥密根本不用说他脸上的粉刺，她这样说出来反而让我起了疑心。我看着她的眼睛，发现她神色镇定自若，和平时没什么两样。

“他经常来吗？”

“不是，今天是第一次来。说是刚好在附近办事，顺道过来看看。他告诉我说准备成立交谊舞俱乐部，希望我能参加。”

不用说，我的心情多少是有些不悦的。现在听娜奥密这样一说，似乎那个男孩来就是说这个事，并没有别的什么目的，应该没有撒谎。在我即将下班回来的时候他们还在院子里聊天，就这一点也足以打消我的疑问。

“那你答应他要去跳舞了吗？”

“我说再考虑考虑……”她的声音突然变得娇滴滴，“我难道不能去跳舞吗？让我去吧，你也去，我们一起学，这样不是很好吗？”

“我也能去？”

“当然啦，谁都可以去的。教跳舞的是伊皿子的杉崎老师认识的一个俄罗斯人。听说是从西伯利亚逃出来的，身上没有钱，大家成立一个俱乐部就是为了帮助她。越多人去越好呢。怎么样？我们去吧。”

“你肯定能行，我还能学会吗？”

“肯定可以的，很快就学会了。”

“但是，我没有音乐基础啊。”

“音乐嘛，学着学着自然就懂了……你不能不学，我一个人学会了也没办法跳舞啊。去学嘛，学会了我们就可以经常出去跳舞。现在天天待在家里，闲得慌。”

实际上，我早就察觉到，娜奥密对目前的生活开始感到无聊了。仔细想一想，我们搬到大森这个温暖的爱巢已经有四年了。除了暑假外，娜奥密一直都在这个“童话的小屋”中，和外面广阔的世界没有联系。无论什么时候都只有我们两个人在一起，虽然会做各种各样的“游戏”，但是玩久之后便觉得没意思。再加上娜奥密是一个没常性的人，玩游戏开始的时候虽然乐此不疲，但过不了多久就会厌倦。如果她没事做，不到一个小时她就会坐立不安。她早已经对什么扑克、军旗、电影明星等没有兴趣了，只好跑去打理一下很久没有管理的花坛，她十分勤快地翻土、撒种、浇水，但这也只是暂时填补寂寞罢了。

“啊，实在是太无聊了，有没有什么有趣的事情呢？”

她躺在沙发上，打着哈欠把才看了几页的书扔到一边。每次看到她这样，我都在想该怎样把目前的生活改变一下。正是在这个时候，娜奥密提出去学跳舞，我想这或许是改变生活的好办法。何况娜奥密也不再是三年前的娜奥密了，和去镰仓的时候的样子大不相同，如果她身着盛装进入社交界，在贵妇小姐面前应当也丝毫不逊色。我这样想象着，心中涌现出一种难以言语的自豪感。

前面我曾说过，学生时期我并没有很亲密的朋友，尽量推掉不必要的交际，一个人过着闲适的日子，但这并不代表我讨厌社交界。我出身乡下，不善言辞，与人交往坦诚相对，不会玩什么心机，没有走进社交界的勇气，也正是由于这个原因，我反而更加向往耀眼辉煌的社交界。我娶娜奥密为妻的目的，就是为了带着貌美如花的她出入各种场合，让世间那些家伙羡慕不已。想在交际场合里听到人们称赞说"你太太真漂亮又时髦"之类的话。心里被如此强烈的欲望鞭策着，从最开始我就没打算要把娜奥密一直关在"鸟笼"里。

娜奥密介绍说，教跳舞的俄罗斯老师是一位伯爵夫人，名叫亚历山大·舒列姆斯卡娅。她的丈夫在革命暴动的混乱中不知去向，两个孩子也与她失散。她只身一人历经艰险来到了日本，生活十分贫苦，因此打算教跳舞为生。娜奥密的音乐老师杉崎春枝女士为此专门成立了一个俱乐部，那个在庆应大学上学的学生滨田担任俱乐部的干事。

学习跳舞的地方在三田的圣坂，在一家名叫吉村的西洋乐器店的二楼。伯爵夫人每周星期一和星期五会去那里。时间是下午四点到七

点，学员可以根据自己的时间自由安排，每次学一个小时，学费每个人一个月二十日元，并且还要提前预付。假如我和娜奥密都去，一个月就要花上四十日元，哪怕对方是西洋教师，我也认为有点不划算。但娜奥密说交谊舞和日本舞蹈一样都属于奢侈浪费，收这么多钱很合理。而且也不会学多长时间，聪明的人一个月，稍微笨一点儿的人三个月就能学会，虽说学费贵了一点儿，但其实也不算多贵。

“最重要的是，如果不能帮助这个叫舒列姆斯卡娅的人，心里会很过意不去。想一想，曾经身为伯爵夫人的人沦落到如此地步，真让人心疼。听滨田说，她跳舞超级棒，不仅仅交谊舞，如果有人愿意学，她还可以教表演舞蹈。专业演员跳舞都很糟糕，跟着她这样的人学跳舞是最好的。”

娜奥密连那位俄罗斯舞蹈老师的面都没有见过，就一直在为她宣扬，好像她自己很精通舞蹈。

最后，我们决定加入俱乐部，在每周的星期一和星期五，娜奥密上完音乐课，我下班后，赶在六点前到圣板的乐器店学习跳舞。第一天是娜奥密带我去的，她下午五点在田町车站等我下班。乐器店位于坡道半中腰，门面不大。进到店里，狭窄的店面摆满了钢琴、风琴、留声机等各类乐器。楼上似乎在跳舞，杂乱的脚步声和留声机的声音从上面传了下来。五六个像是庆应大学的学生拥堵在楼梯口。他们转动着眼睛看着我和娜奥密，那副架势让我很不舒服。

“娜奥密。”

这时有人大声喊了一句，语气听上去似乎与娜奥密关系很熟。我循着声音看过去，是那几个学生中的一个男孩，他腋下夹着一种外形扁平的、与日本月琴很相似的乐器，好像叫曼陀林吧。他合着舞曲的旋律叮咚拨弄着琴弦。

“你——好——”娜奥密没有用女人口吻，而是用学生腔调与他打招呼，“阿熊，你怎么在这里，没有去学跳舞吗？”

“我才不去。”这位名叫阿熊的男生笑着把曼陀林放在架子上，“学那个还是算了吧，一个月要二十日元，简直是打劫。”

“但是，刚开始学，这也是没办法的事啊。”

“反正过不了多久大家就会学了，到时候再找某个家伙跟着他学就可以了。跳舞什么的，学一点儿就足够了。怎么样？我这个想法很不错吧？”

“你可真狡猾，这个想法太妙了。我问你，阿滨在楼上吗？”

“在，你上去吧。”

这家乐器店似乎是附近学生“聚会”的地方，看来娜奥密经常来，售货员都与她认识。

“娜奥密，楼下的学生都是做什么的？”上楼的时候，我问。

“他们都是庆应大学曼陀林俱乐部的成员。虽然说话有点粗鲁，但人还是不错的。”

“都是你的朋友吗？”

“也不算是朋友，只是经常来这里买东西，互相就认识了。”

“过来学习跳舞的，也都是这些人吗？”

“这个我也不清楚……应该不会。学跳舞的年龄恐怕要比他们大，上去看一看就知道了。”

来到二楼，舞场就在紧靠走廊的房间里。五六个人一边喊着“一、二、三、四”一边用脚踩着拍子。舞场是由两间日本式客厅打通后组成的，在榻榻米上铺上了木板，这样人们就可以穿鞋进去。那个叫滨田的男孩正在地板上撒着白粉，估计是为了让地板更光滑。现在正值仲夏时节，白昼变长，夕阳从西边的窗子照射进来，把整个屋子粉刷成一片金黄。一位身穿白色乔其纱上衣和藏青色哔叽裤的女人沐浴在金黄色阳光里，站在房间中间。不用说，这位应该就是舒列姆斯卡娅了。她看上去三十岁左右，但考虑到已有两个孩子，应该有三十五六岁了。她相貌端庄，具有贵族天生的一种威严。这种威严大概来自她那苍白得令人有些畏惧的清秀脸庞。从她冷若冰霜的表情、精美的衣服和胸前手上闪闪发亮的宝石上看，怎么也不像是一个穷困潦倒的人。

夫人一只手拿着鞭子，面无表情，皱着眉头盯着学员的脚步，嘴里命令般反复用英喊着“一、二、三”。因为她是俄罗斯人，英语发音里带着俄语腔，把“three”说成“tree”。学员们排成一列，随着她的口令踩着不标准的步法来来回回地走，如同女军官在训练士兵。这让我想起了很久以前在浅草的金龙馆电影院里看的一部叫《女兵出征》的电影。学员中有三个身穿西服的年轻男子，看模样不像学生，还有两个好像刚刚毕业的有钱人家的小姐。她们身穿裙子，装扮朴素，和男学员们一起学习，看上去很正统，给人的第一印象就很不错。如果有一个人的步法错了，夫人都会大声尖叫着说“No”（不），走到他身边，给他做一遍示范。如果还是不会，频频出错，她就会大声叫着“No good”（不好），用鞭子抽打地板，或者无论男女就朝那人的脚上抽去。

“她教得可认真了，不这样不行。”

“对啊，舒列姆斯卡娅老师很尽职，日本老师无论如何也做不到这个地步的。西洋人哪怕是妇女做事都十分认真，实在是让人佩服。已经连续上课一两个小时，片刻也未曾休息，一丝不苟地教跳舞。天气这么热，想必很难受，我本想买一个冰激凌给她，她说上课时不吃东西，坚决不要。”

“真的吗？她不会累吗？”

“西洋人身体都很好，与我们不一样。其实，想一想觉得她也挺可怜的，本来是伯爵夫人，过着丰衣足食的生活，就因为革命，才不得不来做这种事……”

坐在隔壁休息室沙发上的两名妇女，一边看着舞场，一边交谈着，两人对这位伯爵夫人似乎相当敬佩。其中一个人二十五六岁，嘴唇又大又薄，一对金鱼脸长在那张圆圆的脸上，头发没有分缝，从额际一直盘到头顶，像刺猬的屁股一样鼓起来，发髻上插着一支非常大的白玳瑁簪子，埃及式图案的圆发带上别着翡翠带扣。就是这位妇女对舒列姆斯卡娅的遭遇表示同情，不停地称赞她。坐在旁边附和她的女士脸上不停出汗，脸上厚厚的一层白粉变得斑驳不堪，满是皱纹的粗糙皮肤露了出来。她看上去四十岁左右，头发蓬乱地扎起来，不知道是天生的还是故意的，头发微微卷曲着。她身材瘦弱颀长，打扮华丽，从长相上看以前应该做过护士。

在休息室里，所有人都安静地等待着自己上场的时间，其中有些人好像已经学过基本步法，几个人互相挽着胳膊在舞场角落里练习。担任干事的滨田不知道是真的是夫人的代理还是冒充的，一会陪她们跳舞，一会去换留声机的唱片，整个屋子就他一个人跑来跑去，显得很忙碌。女学员们暂时就不说了，那些来学跳舞的男学员们都是些什么人，属于哪个阶层呢？我仔细观察了一下，有个奇怪的现象是，除了滨田穿着时髦的服装外，那些男学员几乎都穿着老土、低档的藏青色西服三件套，大概是工资不多，人看上去显得也不聪明。男学员们的年龄都比我小，三十多岁的绅士只有一个。他穿着一件晨礼服，戴着金丝边厚眼镜，蓄着早已过时的奇形怪状的长八字胡。他显然学得最差，夫人好几次一边冲着他喊“No good”一边对着他挥鞭子。然而每次他都傻傻一笑，随后重新开始“一、二、三”踩步。

这样的人年纪已经不小了，为什么还要来学习跳舞呢？但转念一想，我和这个男人是一样的。我很少在人多的地方出现，想到在众多女士面前挨西洋老师的鞭子，哪怕只是陪娜奥密来，身上也不禁出了一身冷汗，害怕轮到自己。

“哇，欢迎欢迎。”

滨田连续跳了两三场舞后，才用手绢擦着满是粉刺的额头上的汗，他走了过来："啊，上次真是不好意思。"

他与我打招呼，接着又转向娜奥密，说："这么热的天，你竟然也来了。对不起，你带扇子了吗？太热了。做助理真够我受的。"

"但是你跳得很好啊，才有资格做助理，你什么时候开始学跳舞的？"娜奥密把腰间的扇子递给滨田说。

"我啊？已经跳了快半年了。你这么聪明，立马就能学会。交谊舞是男的带着女的跳，女的只要跟上脚步就行。"

"那些男学员都是什么人？"我问。

"啊，这个啊。"滨田客气回答说，"他们都是东洋石油公司的职员。杉崎老师的一位亲戚是公司里的大干部，似乎都是他介绍来的。"

东洋石油公司和交谊舞，真是奇妙的组合。

"这样啊，那位留着胡子的绅士也是公司的职员吗？"

"不，他不是。他是医生。"

"医生？"

"没错。这位医生是那家公司的卫生顾问。他说跳舞是最好的健身运动，来这里学跳舞就是为了健身。"

"真的吗？滨田。"娜奥密问，"跳舞真的可以锻炼身体吗？"

"嗯，可以的。哪怕是在冬天，一场舞跳下来，衬衫都会湿透。舒列姆斯卡娅夫人教授跳舞的方式，活动是相当剧烈的。"

"那位夫人会说日语吗？"最开始我就惦记着这个问题。

“她几乎不会说日语，一直都是在说英语。”

“可是我英语说得……不怎么好……”

“这有什么，所有人都一样。舒列姆斯卡娅夫人英语说得也不好，比我们还糟糕，不用担心。学跳舞也不需要说话，只需说‘一、二、三’就好了，其他的看动作姿势就明白了……”

“啊，娜奥密小姐，什么时候来的？”那位发髻上插着白玳瑁簪子的金鱼眼妇女向娜奥密打招呼。

“啊，老师……您来了，这位是杉崎老师。”娜奥密拉着我的手走到了女人坐的沙发前，“老师，我给您介绍一下，这位是河合让治……”

“啊，是吗？”杉崎老师看到娜奥密脸色发红，很快就心领神会，不用明说，就明白是怎么回事了。她站起身对我点了点头，客气地说：“初次见面，多多包涵。我是杉崎，欢迎您光临……娜奥密，把那张椅子拿过来。”又转过头对我说，“您先请坐一下，虽然很快就轮到您了，但一直站着，还是很累的。”

“……”

我已经忘记了我是怎么回答的，应该只是含糊地敷衍了几句。毕竟，这一类只要说“我”就开始装模作样的女人们最让我头痛。并且，这些女人会怎样看待我和娜奥密的关系？娜奥密把我们的关系给她们暗示到什么程度了？因为粗心大意，没有提前问她，这让我有些心慌意乱。

“我来给您介绍一下。”杉崎女士对我的惊慌失措毫不在意，指着那个头发卷曲的女士说，“这位是横滨的詹姆斯·布朗先生的太太。这位是大井町电气公司的河合让治先生。”

原来这位女士是外国人的老婆。这样看来，她一点儿也不像护士，更像是给外国人当小老婆的类型。我拘谨地点了点头。

“不好意思，您是第一次学跳舞吗？”

这位卷毛女士一把抓住我，用英文对我说。在说“第一次”这个单词时发音有些装腔作势，并且语速很快。

“啊？”我一时没有听清，显得有些呆头呆脑。

“是第一次。”杉崎女士在一旁替我回答说。

“啊，这样啊？该怎么说呢？男士恐怕……比女士更……更难学，不过没关系，只要开始学就……怎么说呢……”

这位女士说话的时候，话里夹杂了很多腔调怪异的英语，说什么“更……更……”，让人听了一头雾水。仔细一琢磨，原来是说“more……more”。还有，把“gentleman”念成了“genteman”，“little”念成“lile”。连日语也说得十分奇怪，三句话中必定会说一句“怎么说呢”，总是爱重复，无穷无尽。

之后，这位女士谈起了舒列姆斯卡娅夫人、交谊舞、语言、音乐……什么贝多芬奏鸣曲、第三交响曲、某某公司的唱片和某某公司的唱片的优劣等。我心神疲惫沉默地听着，于是她又和杉崎女士滔滔不绝谈论起来。听着她说的话，这位布朗夫人似乎在跟杉崎女士学钢琴。在这种场合里，我压根找不到一个恰当的时机说一声“不好意思，先走了”，然后离开。只能干坐在那里听两个长舌妇饶舌，同时感叹自己是多么倒霉。

没过多久，以医生为主的石油公司的人练习结束了，杉崎女士就把我和娜奥密带到舒列姆斯卡娅的面前，遵循着西方女士优先的习惯，用流畅的英语先后把娜奥密和我介绍给她。杉崎女士介绍娜奥密的时候，称她为“河合小姐”。我心里怀着极大的兴趣想看看娜奥密会以哪种态度与西洋人打交道，平时耀武扬威的她在伯爵夫人面前竟也显得有些慌乱。伯爵夫人说了一两句话，然后微笑着伸出手来。娜奥密脸色通红，一句话都没说，战战兢兢地与她握手。轮到我的时候，我表现更糟糕，说句实话，我根本不敢直视她那青白色如雕刻的脸庞，只是低着头沉默地握住她戴有光芒璀璨的戒指的手。

九

各位读者应该已经知道，我是一个粗俗平凡的人，但我仍然喜欢追求时尚，做事情都要仿照西方。如果我有足够的钱财，也许会到西方去生活，娶一个西洋女人为妻，但现实的状况根本不容许我这样做，我只能退而求其次，找一个长相貌似西洋人的女人当妻子。此外还有一个原因，哪怕我有了钱，我对自己也很不自信。我身高只有一米五左右，皮肤黝黑，牙齿不齐，娶一个身材修长的西洋女人实在是自讨苦吃。所以，日本人还是配日本人最好，娜奥密这样的女人完全符合我的要求。这样一想，我心里也感到满足了。

虽然这样想，但是，能够与白人女性接触，我心里感到十分喜悦，不，不仅仅是喜悦，应该说是一种光荣。其实，我很痛恨自己不擅长交际，不会说流利的英文，以为这辈子都不会和外国人有交集，所以，在心中早早就断了这个念想，偶尔去剧场或者电影院看外国人演的歌剧和电影，熟悉女演员的脸庞，在梦中羡慕她们娇艳的容颜。我怎么也想象不到，学跳舞竟也能近距离地和西洋女人接触——还是一位伯爵夫人。这是我人生第一次“荣幸”地和西洋女人握手，哈里逊小姐那样的老太婆自然不算。当舒列姆斯卡娅夫人朝我伸出她的“纤纤玉手”时，我紧张得心脏猛烈跳动起来，连与她握手的勇气都没有。

娜奥密的手也十分细腻光滑，指如削葱根。但是，现在伸向我的“纤纤玉手”与娜奥密纤细的手不一样，手掌厚实且丰满，手指修长白嫩却感觉不到纤弱单薄，这是一只“胖而美”的手。手上的钻戒如眼珠般大，闪烁着耀眼的光芒。要是日本人戴着这样大的戒指肯定会显得极不协调，让人感到怪异，但是戒指戴在这只手上却衬托出手指的细长优美，增添了一份高贵优雅的气质。她和娜奥密最大的不同是皮肤异常白嫩，能看见她脸上淡紫色的血管浮现在白皙的皮肤上，如同大理石上的花纹，冷艳至极。以前我常常摆弄娜奥密的手，夸奖说：“你的手真漂亮，和西洋人一模一样。”现在不得不承认和西洋女人有很大的差别。娜奥密的手虽然白，却不透白，和伯爵夫人的手相比较，甚至算得上是黑紫色了。伯爵夫人的指甲也吸引着我的目光，十根手指像是被罩了同样的贝壳般，都留着整齐的短指甲，闪耀着鲜艳的红色光泽。每个指甲被剪成了尖尖的三角形，也许这是西洋人的一种时尚吧。

在前面我曾说过，娜奥密与我站在一起要矮一寸左右。伯爵夫人的身高在西洋人里算是矮的了，却仍然比我高许多。当她穿上高跟鞋与我跳舞时，我的脑袋刚好对着她的胸部。伯爵夫人说了一句“Walk with me！（和我一起走）”然后就把手伸到我背后，教我如何走步。每当这种时候，我都小心翼翼尽量避免让自己黝黑的脸触碰到她的洁白皮肤。她光滑细腻的皮肤我远远欣赏就足够了。我握住她的手的时候胆战心惊，况且现在仅仅是隔着一层薄薄的柔软衣衫被她拥在胸前，我像是做了什么不该做的事，担心自己呼吸时会不会有口臭，自己油腻的手会不会让对方感到不快，有时她的一缕头发散落下来，都让我诚惶诚恐。

不但如此，伯爵夫人身上还有一种甜美的气息。

“那女人身上有狐臭，难闻死了。”

后来我听到曼妥思俱乐部的成员在背后这样说她的坏话。听说西洋人身上或多或少都有狐臭，我想伯爵夫人也难以避免，所以才会在身上喷洒无数香水，用来掩盖身上的狐臭。我并不讨厌那股香水混合着狐臭的微微发酸的气味，相反，它给我带来一种难以言说的诱惑，让我在脑海里浮想起大洋彼岸未曾见过的遥远国度以及世间少见的美丽明艳的异国花园。

“啊，这就是伯爵夫人玉体的香味吗？”

我贪婪地吸着，陶醉在恍惚的香气之中。

如我这样愚笨拙劣的人是不适合跳舞的欢乐气氛，虽说是为了娜奥密才来学习跳舞，但为何丝毫不厌倦地学习了两个月之久呢？我明

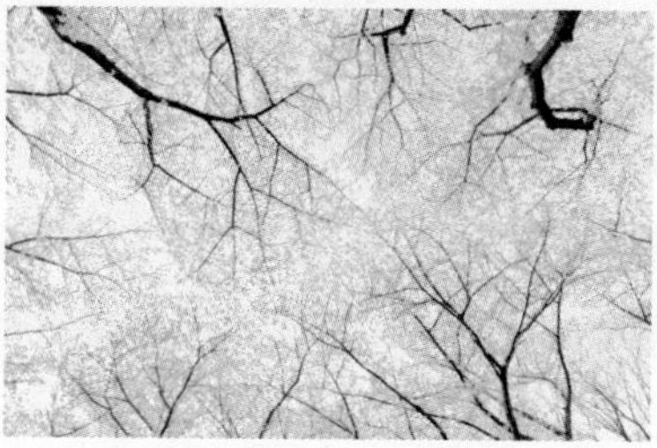

白说，其中舒列姆斯卡娅夫人占有大一部分原因，每周星期一和星期五下午被夫人拥在胸前跳舞，那短短的一小时成了我最大的快乐源泉。只要我一走到夫人面前，就全然忘记了娜奥密的存在。这一小时，如同那个香味浓烈的美酒，让我迷醉。

“让治，没想到你这么上心，我以为你很快就会厌倦呢……”

“为什么这么说？”

“你自己说过学不会跳舞的，不是吗？”

“我原本以为学不会，可是学着学着就觉得很有意思。那位医生也说了，跳舞是最好的健身运动。”

“你看，我就说嘛，做事前什么都不要去想，去试着做了再说。”

娜奥密说着就笑了起来，丝毫没有发现我内心真实的想法。

经过多次学习，我们基本掌握了跳舞的要领，在那一年冬天，我们第一次去了银座一家爱尔兰咖啡馆跳舞。在当时，东京舞厅的数量还很少，除了帝国饭店和花月园外，这家咖啡馆也是才刚刚开业。帝国饭店和花月园的客人以外国人为主，对着装礼仪要求很高，所以，我们觉得第一次跳舞，还是去咖啡馆比较好。娜奥密不知从哪里听到有这个地方，强烈建议去看一看，但我还没有在公共场合跳舞的勇气。

“让治，不行。”娜奥密瞪着我说，“怎么能如此没有出息？跳舞这个东西，光是靠大量的练习是不行的，那样根本就跳不好。只有在公共场合，厚着脸皮和大家一起跳，才能跳好……”

“话是这样说，但我的脸皮没有那么厚……”

“那好吧，哪怕是我一个人也要去。把滨田和阿熊叫上一起去跳。”

“阿熊就是曼陀林俱乐部的那个人吧？”

“对啊。他一次舞蹈都没学过，无论去哪里他都跟着去，和谁都可以跳舞，现在他跳得可好了，比你都要好。所以脸皮薄就要吃亏。去吧，我想和你跳，好吗？求你了一起去吧……好孩子，好孩子，让治真是个好孩子。”

我最终答应了娜奥密，决定要去了之后，我们又花了很长的时间讨论“该穿什么衣服去”。

“让治，帮我看一下，穿哪件衣服比较好看？”

在去咖啡馆四五天前，娜奥密就把所有衣服拿了出来，一件一件挑选。

“啊，这件就挺不错。”最后我被她弄得厌烦了，敷衍着说。

“真的吗？穿这件会不会太滑稽了？”她在镜子前面转了个圈说，“看上去怪怪的，我不喜欢。”

说完，她就把衣服脱下来扔地上，像是踩废纸一样把衣服踩成一团，然后踢到一边，又拿起另一件衣服穿在身上。就这样试来试去，这件不喜欢，那件也不喜欢。最后，她对我说：“让治，给我做一件新的衣服吧。”

“去跳舞就一定要穿颜色鲜亮的衣服，这些衣服都不适合，一点儿都不显眼。给我做件新衣服，好吗？反正以后都要经常出门，没有新衣服是不行的。”

当时，我每月的收入已经满足不了她的挥霍。对待金钱，我一直都精打细算。我一个人生活时，我会严格限制一个月的零用钱，哪怕剩下的钱不多，也一定要存到银行里，所以和娜奥密成家的时候，手头还算宽裕。虽然我平常沉浸在娜奥密的情爱中，但是在工作上没有丝毫松懈糊弄，依旧是一个恪尽职守、勤勤恳恳的好职员，也因此得到领导的赏识，薪资增加，再加上每年两次的分红，一个月能有四百日元的收入。按照正常情况，两个人的花销应该不大，为何现在已是入不敷出了呢？仔细算算，每个月的生活费至少也在二百五十日元以上，有时还是三百日元。其中房租三十五日元——本来最初是二十日元，四年间长了十五日元，加上煤气费、电费、水费、西服洗衣费等各项费用，扣除后就只剩下两百日元左右，最多只剩下二百四十日元，这些钱都花到哪里去了呢？大部分都被吃掉了。

说起来也不奇怪，娜奥密小时候很容易满足，只需吃一小块牛排就行了。随着年龄增长她的口味不知不觉越来越刁，一日三餐，说想吃这个，想吃那个，尽吃一些与她年龄不相符的奢侈菜品。本来可以买回原料自己做，但她嫌麻烦，往往向附近的餐厅点菜。

“啊——想吃点好吃的。”

在无聊的时候，这句话已经成了娜奥密的口头禅。在以前，她只喜欢吃西餐。现在她的口味却是多种多样，每三次中必有一次相当狂妄地说“想喝某某店的浓汤”“想吃某某店的生鱼片”等。

中午我在公司，娜奥密一个人在家里吃饭，更是毫无顾忌地花钱。傍晚我下班回家，常常看见堆放在厨房角落里餐厅的饭盒或者西餐店的容器等。

“娜奥密，你又向餐馆点了什么？像你这样每天让餐馆送饭是很费钱的，我可没有那么多钱让你挥霍。你一个女人仔细想想，你总这样做是不是有点过分了？”

然而，娜奥密装聋作哑，对我的话充耳不闻，满不在乎。

“你知道，就是因为我一个人在家，所以才叫的，做菜太麻烦了。”说完后，她故意生气地躺在沙发上。

我简直无法忍受这样的情况。若是送菜就算了，她有时懒得连米饭都不煮直接让餐馆送。到月底的时候，烤鸡肉店、牛肉店、日本菜馆、西餐馆、寿司店、鳗鱼餐馆、点心铺、水果店等店铺送来了账单，结算下来费用高得吓人，她居然吃了这么多。

除去饭钱，花销最多的就是洗衣费用了。娜奥密一双袜子都不愿亲自洗，换下来的脏衣服全部送到洗衣店。要是我说她几句，她立马说道："我不是用人。要是整天洗那些东西，手指头变粗了，该怎么弹琴啊？让治，你平时是怎么叫我的？你不是说我是你宝贝吗？你宝贝的手指头要变粗了，该怎么办呢？"

最开始的时候，娜奥密还会在厨房干活，做一点儿家务，大约持续了一年半。洗衣服的事暂且不说，最让我难以忍受的是家里一天比一天脏乱。脱下的衣服随手就扔在一边，吃过的东西也不收拾，到处都能看到盛装着残羹剩饭的饭碗，杯中有一半水的茶杯以及脏兮兮的内衣内裤。不光是地板，连椅子上也落满了灰尘。那块买来的印度印花布窗帘已被熏得漆黑，面目全非。这个曾经充满欢声笑语像是童话中安乐窝般的"小鸟笼"，已经变成了一进屋，一股恶臭的气味就扑面而来。

"好好，你到院子里去，我来打扫。"

我无法忍受，只能自己清扫。结果垃圾越扫越多，杂七杂八的东西扔得到处都是，想要继续打扫也无从下手。

没有办法，便请来过一两个用人，但来一个就走一个，没有一个人待在这超过五天。因为我们最开始搬到这里来的时候，没有请用人的打算，所以她们连睡觉的地方也没有。而且，用人在家里，也妨碍了我和娜奥密之间的亲密游戏，连稍微调一下情也觉得很不自在。有用人在家里，娜奥密更是懒散，无论什么活都骄横地指使用人去干，连让餐馆送菜也让用人去餐馆订，反而比以前更加方便。因此，经过一番考量，请用人并不划算，还妨碍我们的“游戏”，而对方也有所顾忌，我们也不想让她长期待下去。

综上所述，每个月有那么多的花销，我本想从余下的一百日元或者一百五十日元中拿出十日元、二十日元存起来，可是在娜奥密毫无节制地挥霍下，根本没有什么钱可存下。她每个月都要做一件新衣服，不管是薄花呢还是铭仙绸，连面料、里子都买，但她不自己做，而是花五六十日元请裁缝做。做出来的若是不符合她的预想，便穿也不穿直接扔进壁橱里，之后再也不穿。若是衣服做得令她很满意，她就一直穿，直到裤子膝盖磨破了。所以，壁橱里堆满了破烂的旧衣服。除了衣服外，她对鞋子也有很高的要求，草屐、矮齿木屐，高齿木屐、晴天穿的木屐、双带木屐、出门穿的木屐、在家穿的木屐……这些木屐贵的要七八日元一双，便宜的也要两三日元一双，她每隔十天左右就要买一双鞋子，加起来也是一笔不小的费用。

“不要总是穿木屐，这样我可受不了，就不能穿鞋吗？”

以前她喜欢穿裙裤和鞋子，就像一个学生。现在即便是去跳舞，也要披上衣服花枝招展出门。

“我这样子才像地道的东京人，先不论着装怎么样，脚下的木屐必须正统，不然心里总不踏实。”听她的口气，已把我当作乡下人。

关于娜奥密的零花钱，三天就要给她三五日元，音乐会、电车费、教科书、杂志、小说……还有学习英语和音乐的学费二十日元，必须每月按时付清。光靠每月四百日元的收入是难以生活下去的，不要说存钱，我已经把以前存下来的钱出拿出来补贴了，单身时省吃俭用积蓄的钱就这样一点一滴花出去了。钱一旦花出去就如流水，这三四年已经把我的积蓄都花光了，现在已囊空如洗。雪上加霜的是，我这样的人学不会拖欠债务，若没有按时还清债务，心里无论如何也踏实不下来，所以年关一到，就尝尽了各种苦头。

“你再这样花钱，我们恐怕连年都过不了。”我责备她说。

“要是过不去，就让他们等着好了。我们在这里住了也有三四年了，年关的账拖几天都不行吗，哪有这样的？说好每半年付清一次，一般都会宽限几天的。你这个人心胸狭窄，一根筋，这样可不行。”

娜奥密自己想买的东西全是用现金支付，但是每月应付账款都是欠账，等我拿到分红后才会支付。她却不愿解释欠账的原因。

“我不愿解释，因为这是你们男人做的事啊。”

她这样说，每到月底就不知道跑到哪儿去了。我把我的收入全部花在了娜奥密身上，尽量把她打扮得光鲜亮丽，为了不让她花钱感到为难，给她钱时都很大方，让她能无拘无束地成长起来——这原本就是我的初衷，尽管我嘴上说着生活艰难，但还是尽最大努力去满足她的要求。如此，就不得不把其他方面的开支缩减，好在交际费我自己不花一文钱。每当公司聚会，我都尽可能逃避，也顾不上人情了。此外，我的零用钱、服装费、午餐费，能省就尽量省。每天上下班乘坐电车时，我给娜奥密买的是二等车厢的月票，自己就在三等车厢忍受着。娜奥密觉得做饭麻烦，不愿去做，让餐馆送这样不划算，我便自己烧菜做饭。但我这样做，娜奥密又看不上眼。

“一个男人怎么能整天待在厨房里，成何体统。让治，你不要一年就只穿一件衣服，稍微穿得好看一点儿行吗？你现在这个样子我一点儿也不喜欢，这样我们以后就没法一起上街了。”

我的主要乐趣，就是和娜奥密一起上街。因此我不得不去做了一身“体面”的衣服。和她一起出门时也一同坐二等车厢，为了不伤害她的虚荣心，光给她一个人挥霍不行，自己也得跟上。

正当我被家庭收支搞得焦头烂额时，还要给舒列姆斯卡娅夫人送去四十日元的学费，再加上买跳舞穿的服装，已经到了束手无策的地步。然而，娜奥密对我的苦恼毫不在乎，刚好是在月底，我还有一点儿现金，她硬逼着我拿出来，不然绝不答应。

“你要搞清楚，你把这些钱拿走了，年关的时候就没办法还债了，你连这点都不懂吗？”

“反正总会是有办法的嘛。”

“办法？能有什么办法？我现在一点儿办法也没有。”

“你这样说，那我们又为什么要去学跳舞呢？好吧，听你的，从明天，我哪里都不去了。”

娜奥密泪水盈眶，凶狠地瞪着我，脸色如乌云般阴沉，沉默不语。

当天晚上睡觉的时候，娜奥密背对着我，我轻轻地摇了摇她的肩膀，说：“娜奥密，你生气了……喂，娜奥密，转过来……转过来吧……”

我的手轻轻搭在她的身上，像是翻转盘子里的鱼一样把她翻转了过来。娜奥密柔顺的身体没有反抗我的动作，她眼睛半闭着对着我。

“怎么了？还在生气吗？”

“……”

“好了好了……不要生气了……总会有办法的。”

“……”

“好了，把眼睛睁开，来，睁开……”

我把她长睫毛轻微颤抖的眼睑撑开，她那圆圆的眼珠如同从贝壳中伸出的贝肉，明亮地直视着我。

“我给你买，可以了吗……”

“但是，那样你不就没有钱了？”

“没钱想办法就是了。”

“有什么办法呢？”

“给家里说说，让他们寄一些钱过来。”

“会给你寄钱吗？”

“肯定会的。我从来没有问家里要过钱，两个人维持一个家庭，需要不少东西，开销很大，老太太一定会明白的……”

“是吗？但这样做会不会有点对不起你妈妈？”

娜奥密虽然嘴上这样说，但她心里恨不得让我早点向家里要钱。她的这种心思，我已经隐约察觉出，刚才说的那些话很顺应她的心思。

“不会的，不会对不起谁的。以前我没有这样做，只是我自己的观念，不愿麻烦家里人罢了。”

“那么，你为什么又改变观念了呢？”

“看到你在哭，觉得很可怜。”

“是吗？”娜奥密的胸部如波涛般上下起伏，娇羞地说，“我真的哭了吗？”

“刚才你不是说过明天哪里也不去了吗？眼泪就在眼眶里都快要流下了，无论什么时候，你都是个烦人的小妖精，是我的宝贝。”

“我的小爸爸，可爱的小爸爸。”

娜奥密突搂住我的脖子，她红润的嘴唇不断地印在我的额头、鼻子、眼睑、耳朵背后……我的整个头被印得密密麻麻，没有留一丝缝隙，如同邮局繁忙盖章一样。仿若有无数柔嫩的山茶花花瓣带着浓重的露水飘落下来，我的头脑沐浴在花瓣香气中，产生了一种恍若梦境般的快感。

“你怎么了？娜奥密？像发了疯……”

“没错，我就是疯了……今天晚上我要爱你爱到疯狂……你还讨厌我吗？”

“怎么会讨厌你呢？我高兴得不得了，简直要发疯了。为了你，无论做什么我都愿意……喂，怎么了？怎么又哭了？”

“小爸爸，谢谢你。我打心底谢谢小爸爸，眼泪就不受控制流了出来……你知道吗？我是不是不该哭？如果不该哭，就帮我擦掉吧。”

娜奥密从怀里掏出纸巾，自己不动手，而是把纸巾放在我的手里，目不转睛地盯着我。涌出的泪水停留在眼睫毛的边缘，多么晶莹剔透、美丽异常的眼睛啊！这美丽的眼泪儿不能结晶凝固好好珍藏下来吗？我用纸巾轻柔地开始擦拭她的脸颊，然后是眼睛四周，尽量不碰触那亮晶晶的泪珠。随着皮肤张弛，泪珠也变换着各种形状，有时像凸镜，有时像凹镜，最后才哗啦啦流下来，在刚刚擦干净的脸蛋上留下一条闪亮的泪痕。我再次擦拭她的脸颊，抚摸着她湿润如湖泊的眼睛，随后又用纸巾擦拭轻微哽咽的鼻子。

“来，擦擦鼻涕。”我说。

她擤了擤鼻涕，我一连给她擦了好几次。

第二天，娜奥密从我这里拿走了二百日元，一个人到三越百货公司去了。在公司中午休息的时候，我给母亲写了一封信。

……近来物价上涨，和三年前相比简直令人瞠目结舌，尽管未曾奢侈，每月生活依旧难以维持，在城市生活实属不易……

我记得信大概是这样写的，这是我第一次向母亲讨钱。一想到我竟胆大包天地向母亲撒下弥天大谎，心里便十分恐惧和担忧。两三天后，我收到了母亲的回信。我感受到了母亲对我深切的信任，还有对儿子痴迷妻子的仁慈之心。母亲在信中说过给娜奥密买些衣服之类的话，寄过来的钱比我要求的要多一百。

十

去咖啡馆跳舞是在星期六的晚上，时间是七点半，我大约五点就下班回家了。娜奥密刚刚洗完澡，正光着身子化妆。

“啊，让治，我已经化好妆了。”

她从镜子里看见我回来了，用手指了指沙发。沙发上摆放着她去三越百货公司要求别人急忙赶制出来的和服和圆腰带。和服是絮了棉花的双层夹衣，面料应该是金纱绉绸，黄花绿叶的图案零零散散地散落在暗红色的底儿上。用银线在腰带上绣出了两三道动荡的波纹，四周印有画舫般古典雅致的船。

“怎么样？我买的怎么样？”

娜奥密双手沾满白粉，不断“啪啪”打着浴后还冒着热气的肩膀和颈部。

说句实话，娜奥密肩膀宽大、丰胸翘臀，她这种体型不太适合穿如水般柔软材质的衣服。她若是穿薄花呢或绵绸的衣服，真的具有混血儿般异国情调的美。但是她一旦穿上传统的衣服，就显得粗俗，衣服上的图案越花哨，越是庸俗，就像横滨那边专给外国人开的小酒馆里的女人一样低俗鄙陋。看到她十分得意的样子，我没有反对。想到要和穿着艳丽服装的娜奥密一起乘电车，一起去舞厅，心里就有些畏怯。

“让治，你就穿藏青色的西服吧。”

娜奥密穿好了衣服，把我的西服拿了出来，还罕见地给我掸了掸灰尘，熨好。

“我喜欢茶色的，不想穿藏青色的。”

“你啊，怎么这么土？”她瞪了我一眼，用一直以来呵斥我的语气说，“参加晚宴一般都是穿藏青色西服或者晚礼服，衬衣不能是软领，必须是硬领。这是规矩，以后一定要记住。”

“还有这些规矩啊。”

“这是当然了。你想赶时髦，却连这些简单的规矩都不懂，这可不行。藏青色的西服已经很脏了，不过还好，只要笔挺就可以了。我已经给你弄好了，今晚就穿这个吧。过几天去做一套晚礼服，不然我不和你跳舞了。”

之后，就是领带要藏青色或者全黑的，形状系成蝴蝶状，要穿亮漆皮鞋，若是没有，就穿寻常的黑皮鞋，在正式场合穿红褐色的皮鞋不合适。要穿绸制的袜子，当然黑袜子也可以……这些规矩不知道娜奥密从哪里听来的，她不仅对自己的服装要求严格，对我的装扮也一一指点，因此花了好长时间我们才出门。

到达咖啡馆时间已过七点半，舞会也早已开始。我们在爵士乐队的喧嚣声中走上楼梯。来到了舞厅，其实就是把椅子拿开了的餐厅。舞厅入口的地方贴了一张纸条，写着“特殊舞会入场券：女士免费，男士三元”。一个服务员在那里收取费用。这里本来就是咖啡馆，被当作舞厅后，却并不怎么漂亮。我往里面看了看，大约有十对舞伴在跳舞，这么点儿人就已经显得十分吵闹了。在屋子另一边放着两排桌子，买票入场的人分别坐在各自的位子上，可以一边休息一边观赏别人的舞姿。有一些陌生男女，三五成群聚在一起聊天，当娜奥密一进去，他们就低声交谈着，并且用一种只有在这种地方特有的带有敌意的异样眼神上下打量着身穿艳丽服装的娜奥密。

“看，快看，那里来了那样一个女人。”

“和她一起来的男人是什么人？”

我仿若听见他们这样说，感觉到他们的视线落在娜奥密身上，也落在了站在娜奥密身后的我的身上。我手足无措，耳朵里充满管弦乐嘈杂的声音，眼前跳舞旋转着身姿的人们……舞技远远超过我的人们形成一个圆环不断地旋转着。我一想到自己身高才一米五，皮肤黝黑如同野人，牙齿参差不齐，穿着土里土气的藏青色西服站在这群光鲜亮丽的人群中，脸上发烧红得如同烙铁，身体不受控制的颤抖，在心

里情不自禁地后悔不该来这种地方。

娜奥密似乎也有点胆怯，凑近我的耳边低声说："不要傻站在这里，我们到……到桌子那边去吧。"

"要怎样过去呢？从跳舞的人们中横穿过去吗？"

"可以啊，可以的。"

"如果撞到人了，就麻烦了。"

"注意一点儿，别被撞到他们就行了……快看，那边不就是有人横穿过去了吗？走吧，没关系的。"

我跟在娜奥密身后从舞场中央横穿过去，双腿发颤，地上又十分光滑，费了好大的功夫才走过去。中途还差点摔倒，娜奥密回头皱起眉头瞪了我一眼，"哼"了一声。

"看，那边有一个空位，我们就坐那边吧。"

娜奥密的脸皮要比我厚得多，在大庭广众下面色平静地走过去在桌子旁坐下。她原本很想跳舞，现在却不着急，似乎有些忐忑不安，从手提包里拿出镜子开始化妆。

"你的领带往左边歪了。"她悄悄提醒我，眼睛扫视着舞池那边。

"小娜，你看滨田也来了。"

"不要说'小娜'，要说小姐。"娜奥密又皱起了眉头，满脸不高兴，"快看，滨田和阿熊也来了。"

"谁？在哪里？"

"看，在那里。"然后她又放低声音，小声责备我用手指别人是不礼貌的行为。“就在那边，你看，阿熊就是和那位穿粉红色洋装的小姐一起跳舞的人。”

“嘿。”阿熊看见我们后向我们走过来，他隔着舞伴的肩膀朝我们这边笑了笑。穿着粉红色洋装的女人高高胖胖，长长又性感的双臂裸露在外，一头乌黑的头发浓密茂盛，烫成了卷曲的样子，长度只是到肩膀的位置，用一根缎带绑在额头上。脸颊发红，眼睛大而嘴唇厚，鼻子细长，一副瓜子脸，如同在日本画卷里经常能看到的一张完全日本式的脸庞。

我对女人的脸庞有颇多关注，却未曾见到过如此奇怪不协调的脸。这名女子估计也对自己的长相感到可怜，因此费了一番心思想让自己变得洋气一些。仔细看过去，她身上凡是暴露在外的皮肤，都抹上一层厚厚的白粉，眼睛用铜绿颜料画着亮闪闪的眼影，像是涂着一层油漆。脸上还涂抹着胭脂，还有把绸带绑在额头上，这副样子一看，简直就像是妖怪。

“喂，小娜……”一时间我又说走了嘴，连忙改口，“娜奥密小姐，那位女人也算是位小姐吗？”

“是啊，虽然像一个妓女……”

“你认识她？”

“不认识，但是经常听阿熊说起她。你看，她把绸带绑在额头上，那是因为她的眉毛长在头上，绑绸带就是为了把眉毛遮起来，然后在外面画上眉毛。你看，那眉毛都是假的。”

“虽然是这样，但她的样子长得还不算差，就是脸上红的绿的抹得乱七八糟，看上去真滑稽。”

“她就是个白痴。”娜奥密似乎渐渐恢复了自信，用以往自大又骄横的语气说，“那模样压根算不上好看。怎么？让治你觉得这模样的女人是美女？”

“美人虽然称不上，但她鼻子高，体型也还不错，如果像普通人那样打扮起来，倒还看得过去。”

“真恶心！什么还看得过去！长那模样的人哪里都有，一抓一大把。而且，她为了显得自己特别洋气，把自己打扮得有模有样，这虽然还说得过去，但她长得一点儿都不像西洋人，不是我说她，她就像一只猴子。”

“快看，与滨田跳舞的那个女的，似乎在哪里见过？”

“肯定见过啊，她就是帝国剧院的春野绮罗子。”

“啊，滨田认识绮罗子？”

“对啊，认识的。他跳舞跳得很棒，就和女演员交上了朋友。”

滨田上身穿着淡褐色西服，脚穿咖啡色的皮鞋，皮鞋上居然还带着鞋罩。他舞步轻盈，在人群之中格外引人注目。还有一件让人感觉怪怪的事，他在跳舞时和舞伴的脸紧紧相贴，或许这是一种跳舞方式吧。绮罗子体型娇小，被滨田拦腰怀抱，仿佛快要折断了。葱葱玉指，比在舞台上看起来更显漂亮。她衣如其名，绮罗华美，奢侈豪华，腰上系着一条不知是绸缎还是织锦做成的宽幅筒状腰带，用金丝和深绿

色线在黑色的底上绣出了一条龙。绮罗子个子矮小，跳舞时滨田就使劲低着头，耳际紧紧贴在绮罗子的鬓角，仿若在闻她头发的香味一般。绮罗子也一样，把额头紧紧贴在滨田的脸上，甚至眼角都已经挤出了皱纹。两张脸上四只眼睛眨动着，他们的身体时而分开时而靠近，但头却一直紧贴在一起。

“让治，你知道那是什么舞吗？”

“不知道，不像是什么正经的舞蹈。”

“就是这样，那实际很下流。”娜奥密撇了撇嘴，像是往地上吐唾液，“那是贴面舞，在正经场合都不能跳这种舞。如果是在美国，会有人请你退场的。真是的，滨田有些过了。”

“但是，那个女人好像也不怎么样？”

“本来就是啊。女演员都是这样。这种地方就不应该让女演员进来，她们一来，真正的女士就不敢来了。”

“你对我的要求严格些了吧。今天穿藏青色西服的人也没几个，连滨田也是那副打扮……”

我进来时就发现了这种现象。娜奥密装作一副对跳舞十分了解的样子，又不知道从哪儿听到了一些所谓的不足为凭的“规矩”，非逼着我穿上藏青色的西服。但是到这里一看，穿藏青色西服的只有两三个人，而穿晚礼服的则一个都没有，大多都是不同颜色、精致考究的套装。

“虽然是这样，但滨田的确是穿错了，藏青色西服才是正式服装。”

“你这样说……但你看看，那儿，那个西洋人不也只是穿着粗绒毛衣？所以，穿什么都是可以的吧……”

“虽然是那样，但是，不管别人穿什么，自己都应该穿正式服装。西洋人穿成那样，都是日本人不好造成的。而且，该怎么说呢？像滨田那样经验丰富、舞技超群的人自然要另当别论，如果你服装不整，那就太不像话了。”

这个时候，舞厅的人们都停了下来，一片热烈的掌声响了起来。原来是乐队停下了演奏，大家似乎都想再多跳一会儿，有人迫不及待地吹口哨、跺脚，大声喊着再来一遍。于是音乐重新在舞厅内响起，停止旋转的圆圈再次旋转起来。过了没多久，音乐又停止了，有人喊着再来一遍……这样重复两三遍之后，无论怎么鼓掌叫喊乐队都不再演奏了。男士只好像护卫一样跟在舞伴后面回到座位上。滨田和阿熊把绮罗子和穿粉红色洋装的女人送到座位上，让她们坐下，对她们优雅地鞠躬告辞，随后便一起走到我们这里来。

“啊，你们好，来很久了吧？”滨田说。

“你们怎么不去跳啊？”阿熊说话一如既往地粗鲁。他站在娜奥密身后，眼光不停地打量她艳丽的服装，“如果你没约上人的话，下一场就和我跳吧。”

“我才不愿意呢。阿熊你跳得太差了。”

“别说傻话了，我又没有花钱去学，能跳成这样很不错了，已经让人很惊讶了。”他那蒜头鼻子张大了鼻孔，嘴唇撇成了八字形，乐呵呵地傻笑起来，“我生来就很聪明嘛。”

“哼，别吹牛了！看你和穿粉红色洋装的女人跳舞的样子，就知道不是好东西。”真奇怪，娜奥密只要和他们在一起，说话就会变得粗鲁。

“啊，这都怪那个家伙。”阿熊缩了缩脖子挠挠头，回头看了一眼坐在桌子边的身穿粉红色洋装的女人，“说起脸皮厚，我自信不比别人差，但我绝比不上那个女人。她就是靠那身衣服来这里显眼的。”

“那是什么东西，简直就是只猴子。”

“猴子，哈哈哈，你说得真好，她就是一只猴子。”

“看你说的，还是不是你带过来的？！阿熊，说真的，你得提醒提醒她，那样子实在是太恶心了。生下来本来就那样，还想显得洋气，可说到底根本就是一张日本脸，纯粹的日本脸。”

“总之，所做的一切努力都显得悲哀。”

“哈哈，的确是这样。猴子做的是悲哀的努力。长相洋气的人，即便是穿上和服，也会显得十分洋气。”

“比如像你这样的人。”

娜奥密得意地“哼”了一声，笑着说：“那是自然喽，我长得就像个混血。”

“熊谷，”滨田叫了阿熊的名字，他对我似乎有所顾忌，神色不自然，“你和河合先生不是第一次见面吧？”

“唔，见过有许多次了……”

这个叫“熊谷”的阿熊依旧站在娜奥密坐下的椅子背后，凶恶的眼光透过娜奥密的后背直直地投射在我身上，他说：“我叫熊谷政太郎，请多多关照……”

“本名熊谷政太郎，别名阿熊……”娜奥密仰着头看着熊谷，“我说阿熊，你自我介绍时就不能多说几句吗？”

“不……不行，说多了就该露馅了……关于我的一些详细情况，娜奥密会告诉你。”

“哎呀，真是讨厌，你的详细情况我怎么会知道？”

“哈哈……”

被这些家伙缠住，我心里略有不爽，但娜奥密十分开心，和别人有说有笑，无奈，我也只得装作笑脸说：“滨田，阿熊，你们不坐下吗？”

“让治，我有些口渴了，去叫点饮料来。滨田，你想喝点什么？

柠檬汁可以吗？”

“唔，什么都行……”

“阿熊，你呢？”

“既然是你请客，那我就要加碳酸水的威士忌。”

“哎哟，你行啊。我最讨厌喝酒了，满嘴都是臭味。”

“臭有什么的？不是经常有人说闻着臭吃起来香吗？”

“你是指那只猴子？”

“哈哈……”娜奥密肆无忌惮地放声大笑起来，笑得不能自持，“好了，让治，叫服务员过来……要一杯威士忌加碳酸水，三杯柠檬汁……不，不，等一下。我不要柠檬汁，要果汁鸡尾酒吧。”

“果汁鸡尾酒？”这种饮料我闻所未闻，娜奥密又是怎么知道的呢？我好奇地问她：“鸡尾酒是酒吧？”

“你不知道就不要乱说……阿滨，阿熊，你们两个都听着，这个人是土包子。”在娜奥密说“土包子”的时候，她的手指轻轻戳了戳我的肩膀，“说真的，和他这个呆头呆脑的人一块跳舞，简直能把人气死，刚才还差点摔一跤呢。”

“地板很滑。”滨田像是在替我解释，“开始来的时候谁都会糊里糊涂，习惯了之后就好了……”

“现在我怎么样？还不够熟练吗？”

“唔，你和别人不一样，你很有胆量……嗯，是一个社交人才。”

“阿滨也是个人才喽。”

“我吗？”

“对啊，不知不觉就和春野绮罗子交上了朋友。喂喂，阿熊，你说呢？”

“哦，哦。”熊谷突起下唇，点点头，又问滨田，“滨田，你对春野绮罗子送秋波了吧？”

“哪有！我怎么可能会做这种事！”

“但是，阿滨你满脸通红解释这一点，倒显得十分可爱呢。看来你还是挺老实。阿滨，你不把绮罗子小姐叫过来吗？去叫过来吧，给我介绍认识一下。”

“得了吧，我把她叫过来，你肯定又会嘲讽我一番。你这张嘴，我可吃不消。”

“放心吧。我不会嘲讽你的，去把她叫过来吧，热闹一点儿不是很好吗？”

“那我也去把猴子叫过来吧？”

“嗯，好。但是跳舞开始了，你先陪我跳一场吧。”

“我不想和阿熊跳舞，算了，也没办法，跳就跳吧。”

“嘿，可别这么说，看看你，刚刚学会就敢摆架子了……”

“好吧，让治，我和他去跳一场舞，你先在这里看着。过后我再来和你跳。”

娜奥密的脸上流露出一副奇特的悲伤的表情，她猛然站了起来，挽着熊谷的胳膊走进了再次迅速旋转的人流之中。

“啊，下一场是第七号狐步舞啊……”滨田与我待在一起，略显尴尬，他就从口袋里掏出节目表看了看，慢慢地站了起来，“不好意思，失陪一下，和绮罗子约好了下一场跳舞……”

“好，随便，不用客气……”

三人走后，桌子上摆放着服务员送过来的加了碳酸水的威士忌和所谓的“果汁鸡尾酒”四杯饮料，我孤身一人漫不经心地看着舞场上跳舞的人们。到这里来，我本就不是自己想跳舞，主要是想看看在这种场合娜奥密是如何惹人注目，以及她跳舞时是怎样的。因此，我觉得颇为轻松。于是我以一种解脱了的宽松心态在人流中热切地追寻着娜奥密的身影。

“嗯，跳得真不错……这个水平完全拿得出手……在这种事情上她的确是很有天赋的……”

她脚上穿着跳舞用的漂亮精致的草屐，轻轻踮起的脚尖套着白布袜子灵活而又迅速地旋转着，飞舞着艳丽的和服长袖。她每踏出一步，和服前襟的下摆便宛如蝴蝶翻飞。她的手指白嫩光滑，扶着熊谷的肩膀如同艺伎拿着三味线的拨子。腰间系着鲜艳醒目的腰带。她的脖颈、侧脸、正脸、脖颈的发际……恰如一朵娇艳的鲜花，在庞大人群中显得格外出众。看来，和服的的确确不能扔掉，并且，因为有许多穿着样式奇特的粉红色洋装的少女存在，娜奥密喜欢艳丽华彩衣服的嗜好也不显得庸俗，之前我一直为此暗自担忧。

“啊，热，真是太热了！让治，看我跳舞了吗？怎么样？”

娜奥密跳完舞，就回到了桌子边，把鸡尾酒拉到自己面前。

“啊，当然看了，跳得非常完美，完全不像是新人。”

“真的吗？那下一场跳一步舞的时候我和你跳吧。可以吗……一步舞很好跳的。”

“那两个人呢，做什么去了？滨田和熊谷。”

“他们去叫绮罗子和猴子了，马上就过来了……再要两杯鸡尾酒吧。”

“我告诉你啊，那个穿粉红色洋装的女人刚才好像是在和洋人跳舞。”

“是吗？你不觉得这样很滑稽吗？”娜奥密直视着杯底，喉咙间咕咕作响，滋润喉咙上的干渴，“那个洋人并不是她的朋友，压根就不认识，却突然走到猴子面前请她跳舞。这样做根本就是看不起她，没有相互介绍就请人跳舞，一定是把她当成妓女之类的。”

“那她应该拒绝的啊。”

“对啊，所以说滑稽就滑稽在这里。那只猴子看到对方是洋人，不想拒绝，就答应人家了。简直就是愚蠢、丢脸的臭三八。”

“喂喂，你别这样骂她好不好，我听着都有些心惊肉跳。”

“这有什么，我有我的主见——那个女人就应该听听这些话，不然可能会给我们带来麻烦的。连阿熊也说了，她那样做让人很为难，必须得去提醒提醒她。”

“男的那样说当然可以，但是……”

“不要说了，阿滨田带绮罗子过来了。女士过来，要马上站起身。”

“好了，我来介绍一下……”滨田像是执行“立正”命令的士兵一样笔直挺立站在我们面前，“这位是春野绮罗子小姐。”

此时，我犹如习惯性般自然而然将绮罗子与娜奥密相比较，以娜奥密姿色为标准，看看两人谁更美丽。绮罗子从滨田后面走出来，嘴上带着浅浅的笑容，看上去温婉静雅。她看上要比娜奥密大一两岁，但似乎是个子矮的缘由，在年轻活力、风姿绰约等方面与娜奥密毫无差别，在衣着华丽上比娜奥密更胜一筹。

“初次见面……”

绮罗子态度谦逊恭谨，那双小而圆却显得灵动明亮的眼睛微微垂下，胸部微微收起，十分客气有礼地点了点头。行为举止中完全无娜奥密那样的粗野，不愧是女演员。

娜奥密的所作所为已不能用活泼来形容，而是粗鲁鄙陋，说话盛气凌人、恶声恶语，全然没有少女的温柔贤淑，时常显露出卑鄙恶劣的性情。总体来说，就是一头野兽。与之相比，绮罗子如同一件贵重的艺术品，经过了精心雕琢，极尽人工之能事，她在一颦一笑、举手投足间，都显得高雅得体。比如她坐在桌子旁端起鸡尾酒杯子时，我注意到她的手腕十分纤弱，仿若承受不起那微微下坠的和服衣袖的重量。我仔仔细细观察了她和娜奥密放在桌子上的双手，皮肤细腻、光滑圆润上不分伯仲，平分秋色。但是两人的脸庞却有着天差地别之分。如果说娜奥密的脸庞是玛丽·碧克馥，是一个美国女孩；那么绮罗子就是意大利或者法国一带幽艳的美人，柔美文静中带着一丝清丽的媚态。若是将两人与花相喻，娜奥密就是一朵野花，绮罗子则是绽放在室内的花朵。她端庄的圆脸上的鼻子是如此小巧玲珑！若不是匠人神工鬼斧下制造出的玩偶，哪怕婴儿的鼻子都不会如此清秀挺立。最后便是牙齿，娜奥密一直对自己有一口好牙而扬扬得意，而绮罗子一颗颗仿若饱满圆润珍珠的洁白牙齿整齐排在她红润小巧的嘴巴里，像是一个鲜红的瓜被分成了两半。

我感到自卑，我想娜奥密也是。自从绮罗子坐在之后，娜奥密就不复之前骄横傲慢的态度，不仅没有冷嘲热讽，还变得沉默寡言，一句话也不说，一时之间有些冷场。但娜奥密是一个不服输的人，更何况是她自己说“把绮罗子叫来”，很快就恢复了以往恣意妄为的性情。

“阿滨，别不说话啊，说点什么。那个……绮罗子小姐，您是什么时候和阿滨成为朋友的？”娜奥密率先打破沉默的僵局。

“我吗？”绮罗子睁着清澈明亮的眼睛说，“就是近些日子。”

“我……”娜奥密学着对方的腔调说了一声“我”，“刚才看你跳舞跳得十分不错，一定下过功夫学习吧？”

“没有，我从很早就开始跳舞的，不过一直都跳得不好，因为我实在是太笨了……”

“哎呀，看你说的。阿滨，你觉得怎么样？”

“自然是跳得很棒了，绮罗子小姐在演员培训班里是正式学习过跳舞的。”

“瞧你，怎么能这样说？”绮罗子害羞似的低垂下头。

“你跳得真的很好呢。我看了一下，全场中男的跳得最好的是阿滨，女的就是绮罗子小姐……”

“才不是呢……”

“干什么呢？干什么呢？这是舞技评选大会吗？男人中跳得最好的难道不应该是我吗？”这时候，熊谷带着穿粉红色洋装的女人走了过来。

熊谷介绍说，这位穿粉红色洋装的女人名叫井上菊子，家住青山一带，是一位企业家的千金。二十五六岁的年纪，俨然已经过了最佳婚龄期了——后来听说，她在两三年前就嫁人了，因为实在是喜欢跳舞，当时才离婚不久。她穿着晚礼服，裸露出肩膀和手臂，大抵是为了显露自己丰腴浓艳的肉体，在与她面对面时，这样的打扮毫无丰腴之美感，看上去反而像肥胖的半老徐娘。按理说，她丰满的体型应该比瘦弱的人更适合穿洋装，但她的脸型实在不好，如同把日本玩偶的脑袋安放在西洋玩偶的身体上，脸庞与洋装搭配在一起怎么看都觉得别扭。若是保持这种自然的状态，其实也算好的了。但她为了让自己的脸能配得上身上的洋装，在自己的脸上想方设法进行各种各样的加工，不仅没有增添一丝美感，反而把还算看得过去的脸庞弄得一团糟。仔细去看，她眼睛上面的眉毛果真是假的，真眉毛隐藏在绸带下面。涂成蓝色的眼圈、脸颊上大红的胭脂、点的黑痣、唇线、鼻梁线……几乎整个脸都被她弄得惨不忍睹。

“阿熊，你讨厌猴子吗？”娜奥密突然说。

“猴子？”熊谷差一点儿没忍住笑出来，“怎么了？为什么突然问这么奇怪的问题？”

“我家里养了两只猴子。如果你喜欢，可以送你一只。怎么样？你不喜欢吗？”

“哎呀，你竟然养着猴子？”菊子惊讶地说。

娜奥密眼中闪烁着狡黠的亮光，整个人越发得意：“对啊，养着呢，菊子小姐喜欢猴子吗？”

“小动物我都喜欢，像猫啊狗啊之类的。”

“这么说，猴子也喜欢喽？”

“嗯，也喜欢。”

她们两人的一问一答实在是太有趣，熊谷身体转向一边捧着肚子笑，滨田用手绢捂着嘴哧哧地笑着，绮罗子似有所感，一个人在一旁微笑着。只有菊子似乎是一个老实人，没有发现自己被人嘲弄了。

没多久，第八场一步舞开始了，熊谷和菊子去舞场跳舞去了。娜奥密丝毫不避讳绮罗子，直接坐在她身边，用十分难听的语言嘲弄说："哼，那女人就是个白痴，脑子应该不好用吧。喏，绮罗子小姐，你是怎么觉得的？"

"这个，要怎么说呢……"

"你看，她给人的感觉就像一只猴子对吧？所以我才提起猴子，故意说给她听的。"

"哦？"

"大家都那样笑了，她都没有发觉，你说这不是傻是什么？"

绮罗子偷看了娜奥密一眼，眼神中半是愕然半是轻蔑，始终用一个"哦"来应付她。

十一

“让治，一步舞开始了，走吧，我和你一起跳。”

终于，我幸运得能与娜奥密一起跳舞了。虽说我性格内向腼腆，但在此时此刻，我很想把我所学到的东西检验一番，更何况可爱的娜奥密是我的舞伴，我还有什么不满意呢？哪怕我的舞技糟糕透顶，被人耻笑，但这更能凸显出娜奥密舞技的出色，多多少少，这才是我的本意。并且，我还有一个莫名其妙的虚荣心，就是想听到人们议论说：“他就是那位小姐的丈夫吧。”换个方式讲，就是如同炫耀般对他们说：“这个女人是我的宝贝，怎么样？”一想到此，我心里感到一点儿不好意思，却同时感到无与伦比的痛快。好像迄今为她所做的辛劳与牺牲，都在今天得到回报。

之前看娜奥密的态度，似乎今晚不想和我跳舞，可能是在我的舞技还没有提高前，就不想和我跳的。不跳就不跳，我也不会主动提出要求说要和她跳。因此，在我差不多已经不抱希望的情况下，娜奥密突然对我说“我跟你跳舞”这句话，让我高兴得无法言说。

我仍然记得，我当时像是患了热病一般激动地牵着娜奥密的小手，在舞场里踏出了第一步舞步，此后的事情却迷迷糊糊不记得了。我陷入了自我的境界中，听不见音乐，步伐也变得凌乱，眼前景物摇摇晃晃，心脏如战鼓般猛烈跳动，这和在吉村乐器店二楼跟着留声机跳舞是完全不同的。在这人海的波浪中，何时进退，完全搞不清楚。

“喂，让治，你在发什么抖啊？集中注意力。”娜奥密一直在耳边呵斥我，“看看，看看，你刚才又打滑了？你转得太快了，慢点！听见没有！慢点！”

她越这样说，我心里越紧张。舞厅是由餐厅临时改成的，在地板上面特意打了很多蜡，踩上去十分光滑。我心里还想着这里是练习场，稍不留神，脚下就会打滑。

“看看你，我说了不要抬肩膀了啊！肩膀低下去一点儿！再下去一点儿。”

娜奥密甩开了我紧握着的手，气呼呼狠狠地按住我的肩膀。

“嘶！你手握那么紧干什么？我们的身体简直就黏在一块去了，我动也动不了……看，你看，又是肩膀。”

这样看来，我跳舞好像就是专门来听她呵斥的，但是，她的这些话我一句也没听进去。

“让治，我不跳了。”

没多久，娜奥密就甩开我的手，气呼呼地回到了座位上，周围是大家“再来一遍”的欢呼声。

“啊，完全没有想到，和让治在一起根本没办法跳，还是回家再好好练练吧。”

滨田和绮罗子走了过来，熊谷和菊子也走了过来，桌子周围很快又热闹起来，而我深陷在幻想破灭的悲哀之中，忍受着娜奥密的嘲讽。

“哈哈哈，被你这样一说，胆小的人不是就更不敢跳了吗？好了好了，什么也别说了，将就着和他跳吧。”

熊谷的话令我心头怒起，“将就着和他跳吧”，这是什么话？！把我看成是什么人了！这个乳臭未干的家伙！

“他也没有像娜奥密说得那么不堪，跳得更糟糕的人不是还有吗？”滨田说，“绮罗子小姐，怎么样？下一场狐步舞，你和河合先生一起跳，可以吗？”

“好吧，请……”

绮罗子点点头，依旧保持着女演员优雅的风度。但我却连连摆手，手忙脚乱的样子让人感到滑稽：“哎呀，这怎么行？不行，不行！”

“这有什么不行的！你这么客气才是不行，是吧，绮罗子小姐？”

“嗯……真的请你……”

“哎呀，不行，真的不行，等我练好后再来和你一起跳吧。”

“既然人家都请你跳了，你就去跳好了。”娜奥密好似命令般对我说，似乎能和绮罗子小姐跳舞就是我莫大的荣幸，“让治可不能和我一个人跳，好了，狐步舞开始了，去跳吧！就是要和不同的舞伴跳舞才行，这样才会有长进。”

“Will you dance with me ？（你愿意和我一起跳舞吗？）”一个声音突然传了过来，原来是刚才和菊子跳舞的那个年轻外国人过来了。他身材修长，像女人一般的脸上涂抹着一层薄薄的白粉。他径直走到娜奥密身边，弯下腰，后背弓成圆形，满脸笑容叽里呱啦说了一大堆，也许是一些阿谀奉承的话。我只能听懂他用寡廉鲜耻的语调说“拜托你”。娜奥密颇感为难，脸色通红，却没有生气，脸上露出浅浅的笑容。她想要拒绝对方，但她的英文水平一时之间找不到合适的委婉的词语，最后一个字也没有说出来。那个外国人看见娜奥密笑了，看作是答应的表示，便做了一个请的动作，说了一声“请”，硬逼着她回答。

“好……”她有些不情愿地站了起来，脸色更加红了，如同天边燃烧的云。

“哈哈哈，这个家伙看上去这么猖狂，碰到洋人还不是服软了？”

“那个洋人脸皮特别厚，刚才我也是这样，感到特为难，不知道该怎么做才好。”菊子说。

“那么，还请你赏脸。”

绮罗子在一旁等待着，无论如何，我都必须表明态度。

不仅仅是今天，平时我也会这样觉得，严格地说，就是在我眼里，除了娜奥密之外再无其他女人。当然，不是说没有其他漂亮的女人。

看见漂亮的女人自然会觉得漂亮，但是，我从不接触她们，只是从远处观赏。舒列姆斯卡娅夫人是一个例外，即便这样，当时我所沉醉其中的心境，大抵也不是一般的情欲。说起“情欲”，大抵是一种韵味缥缈、难以言说与捕捉的梦境吧。而且对方是与我们相差甚远的外国人，是舞蹈老师。所以和绮罗子相比，让人感觉到放松。绮罗子是日本人，还是帝国剧院的女演员，身上还穿着闪闪发光的奢华服装。

但是，令人意想不到的是，和绮罗子跳舞感到无比轻松。她全身仿佛柔弱无骨，小手嫩滑如同树木的萌芽。并且，她能掌握到我的节奏，哪怕我是一个舞技拙劣的舞伴，她却像一匹聪颖的小马准确无误地跟上我的步伐，与我保持在同一个节奏上。这样一来，一种难以言喻的快感从轻松愉悦的氛围中滋生出来。我心中顿时充满自信，脚步自然而然地踏上了欢乐的舞步，如同乘坐在旋转木马上，能灵活无比地自由转动。

我心中情不自禁生出了“痛快，真痛快，实在是不可思议，太有意思了”的感觉。

旋转、旋转、旋转！在如水车般的旋转中，绮罗子的声音传进了我的耳朵里：“哎呀，你跳得很不错，完全没有一点儿不好配合的感觉。”

这声音是如此轻柔，如此温和，是绮罗子声音中特有的甜润清媚。

“不，主要是因为你跳得好。”

“哪里，你真的……”她停顿了一下，又接着说，“今晚的乐队很出色。”

“没错。”

“要是音乐不行，跳舞也没有劲头。”

直到此时，我才恍然发现绮罗子的嘴唇刚好在我的太阳穴下面，她的鬓角轻柔地抚摸着我的脸庞。刚才她和滨田跳舞时也是这样，看来这是她的习惯。被鬓角抚摸时柔软的感觉……还有那如溪水般流淌的轻声细语……这是我完全不曾想到过的极致的“女性温柔”。对于曾经被娜奥密这匹烈马践踏过的我来说，此刻仿若她正用温润的小手亲切地抚摸我被荆棘刺破的伤痕……

“我本来想拒绝他的，但他一个洋人在这里没有朋友，如果不同情一下他，他就显得太可怜了。”娜奥密回到桌子边，难为情地说。

等到第十六场华尔兹结束后，时间已经十一点半左右了，之后又加了几场。娜奥密说如果太晚就坐出租车回去，我费了一番口舌，才让她勉强同意坐电车末班车回去。我们走出门，往新桥方向走去。熊谷和滨田也领着舞伴，和我们一同走在银座大街上，把我们送去车站。大家的耳边似乎还回响着爵士音乐的声音，一个人哼唱起来，所有人都跟着唱起来。我不懂歌曲，不会唱，但对他们的聪慧、记性之好以及那年轻欢快的声音感到嫉妒。

“啦、啦、啦啦啦……”娜奥密的脚踩着拍着，声音比谁都高，“阿滨，你喜欢哪首曲子？我最喜欢《大篷车》。”

“啊，《大篷车》！”菊子尖叫起来，“那首曲子很棒。”

“不过，我……”绮罗子接过话来，“觉得《霍斯帕林格》也很不错，适合用来当跳舞伴奏音乐。”

“《蝴蝶夫人》不也是很好吗？我最喜欢这首了。”滨田马上用口哨吹起了《蝴蝶夫人》这首曲子的旋律。

我们在车站的检票口和他们分别，站在冬夜寒风凛冽的站台上等电车的时候，我和娜奥密无话可说。我的心头盘踞着热闹过后的伤感。但娜奥密显然毫无这种感觉。

“今晚真开心，过两天我们再去怎么样？”她说。

我一脸兴味索然，“哦”了一声。

什么？这就是舞会？谁能想到欺瞒母亲、夫妻吵架、大哭大闹，吵着要来的舞会竟是如此无聊！他们难道不是一群虚荣做作、曲意逢迎、狂妄自大的家伙吗？

既然如此，那我为何会参加舞会？难道只是为了向人们炫耀娜奥密？这样说来，我也是一个爱慕虚荣的人。并且，我引以为傲的宝贝儿又是怎样的呢？

“怎么样？你把这个女人带出去，世间真如你臆想的那样大吃一惊吗？”我不得不以自嘲的心情对自己说，“你啊你，才是真正自以为是。没错，这个女人于你而言，是天下无双的宝贝。但你把这个宝贝送到抛头露面的舞台上，得到的结果又是怎样的呢？一群爱慕虚荣的人，说得轻巧，难道这个女人就不是这群人中的代表吗？唯我独尊、自以为是、口出狂言、辱骂他人，让大家觉得厌恶。你觉得这是谁呢？被洋人误当作妓女，连一句简单的英语都不会说，张皇失措地做了人家的舞伴，似乎不止菊子一个人。此外，她那粗鲁的说话方式又算什么样子？即便自认是淑女，但那说话谈吐却让人厌恶。绮罗子和菊子的素养都要比她高很多。”

这种不开心的、不知是懊悔还是失望的复杂心情在这天晚上回家的路上，一直盘踞在我的心头。

上电车时，我故意坐在她的对面，想再一次看看这个叫娜奥密的女人。这个女人究竟哪一点好到让我心神痴迷？那个鼻子？或是那双眼睛？我挨个盘点，平时那张对我充满吸引力的魅力脸庞在今晚看来却显得庸俗。我眼前隐隐约约浮现出第一次见到娜奥密——她在钻石咖啡馆打工时的样子。那时的娜奥密如此美好，天真无邪、清纯可爱，有些内向，眼含忧郁，同现在这个恣意妄为、狂妄自大的女人无半点相似之处。我爱着那时的娜奥密，一直延续到今天，回过头仔细一想，不知道从什么时候开始，这个女人已经变成了我讨厌的存在。看看她那装模作样的坐姿，好像在说“全世界我最聪明”；再看看她那高傲自大的样子，仿佛在说“我是天底下最漂亮的人”“我比任何人更时髦、更洋气”。可她连一句英语都说不出来，连被动语态和主动语态也分不清楚，这一点只有我最清楚。

我在心里面对她破口大骂。她在座位上稍微挺起身子，仰着脸朝上，从我的座位看过去，刚好能看见她那蒜头鼻子黑漆漆的鼻孔，鼻孔两侧全是厚厚的鼻翼肉。细细想来，我每天与这鼻孔相处，十分熟悉。每天晚上我抱着她睡觉的时候，常常以这个角度看着她的鼻孔，几天前我还给她擦了鼻涕，亲手抚摸了鼻翼四周，时常把我的鼻子和她的鼻子如楔子般互相交错在一起。也就是说，这个鼻子——在这个女人脸部中央的小肉块——俨然已成为我身体不可或缺的一部分，已不是他人之物。当我以这样的情感再次观看它时，却觉得它肮脏恶浊。肚子饿时常常会不管不顾什么都往嘴里塞，当肚子渐渐饱时，便会觉得刚刚大口大口吃下的东西是如此难以下咽，心中立刻有呕吐之感——说真的，我的心情便与此相似。一想到晚上又要看着这个鼻子入睡，就像是吃腻歪了的食物般，从心底生出极度的厌恶。真想说一句“你这道菜我早已经吃够了”。

这大概也是父母对我的惩罚，我欺骗母亲，自然不会有好事发生。我想。

然而，各位读者若是以此推测我对娜奥密已厌烦透顶，那就大错特错了。虽然我不记得我有过这样的感觉，那只是我脑海中一闪而过的念头。只要是回到大森的家里，只要是家中只有我们两人，在电车里产生的这种“吃腻歪了的厌恶感”就消失得无影无踪，娜奥密身上的每一个地方，无论是眼睛、鼻子还是手脚等，对我来说都是永远品尝不腻的山珍海味。

之后，我一直陪娜奥密去跳舞，每次她的缺点都让我感到厌恶，回家的路上我的心情肯定不好。但这种心情并不会持续很久，我对她的爱憎之心就如同夜晚中猫的眼睛一样，会变换好几次。

十二

滨田、熊谷以及他们所谓的朋友，主要是在舞会上认识的男青年们，开始频繁出没在本是安静的大森家里。

他们多是在我下班后傍晚时分来，打开留声机，大家就开始跳舞。娜奥密十分好客，家中又没有会让人感到不便的用人和老人，画室又是一个十分适合跳舞的地方，因此他们常常跳得忘记时间。最开始大家还很客气，到了饭点便离去，后来娜奥密强留着他们一起吃饭："喂，走什么走，留下来一起吃饭吧。"最后，俨然已形成了一个惯例，只要来跳舞，就肯定会在"大森餐馆"吃西餐。

在梅雨时节的一个晚上，熊谷和滨田来到家里玩，聊天到十一点多，外面狂风暴雨、山呼海啸，哗啦啦的雨水扑打在窗户上。两人嘴上说着"回去"，却又显得犹豫不决。

“算了，天气这么糟糕，看样子雨一时半会也停不下来，今晚就住在这里吧。”娜奥密突然开口说，“行不？就住在这里，阿熊没有意见吧？”

“嗯，我随便……如果滨田要回去我也回去。”

“阿滨，你没意见的，是吧。阿滨？”娜奥密偷偷看了看我的脸色，接着说，“阿滨，留下来吧，用不着客气。如果是冬天还真不好办，因为被子不够用，但现在没关系，四个人将就一下。而且明天是星期天，让治不上班，睡到什么时候起都可以。”

“怎么样？住下来吧，外面那么大的雨也走不了。”我也劝说道。

“好了，就这么决定了。让我们想一想明天再玩点什么吧，对了，晚上可以去花月楼。”

两人就此决定在我家住下。“没有蚊帐了，怎么办？”我说。

“蚊帐只有一顶的话，那就大家一起睡吧，这样反而更有意思。”娜奥密显得有些兴奋，或许这样的事她经历得太少，就像学生出去旅行一样。

她的话令我感到很意外。我原本的打算是我和娜奥密点着蚊香在画室的沙发上凑合一晚，把蚊帐留给他们两个人用，压根就没想过要四个人在一间房子里睡觉。但是，看到娜奥密如此欣喜，我也不好在两位客人面前提出反对……如同以往一样，在我还举棋不定时，娜奥密就已经决定了下来。

“好了，我要去铺被子了，你们都过来帮忙。”她一边发号施令，一边率先站起身走向楼阁上那间九平方米的房间。

被子要怎么铺才好呢？蚊帐不大，四个人的枕头无法排成一排，因此，只得是三个人睡一排，另一个人横着睡。

“这还是挺不错的，对吧？你们三个男的睡在一排，我一个人睡。”娜奥密说。

“瞧瞧，这算什么？”蚊帐挂好后，熊谷透过蚊帐往里看，“真像一个猪窝，大家挤在一起，乱七八糟的。”

“挤在一起哪里不好了？废话少说。”

“哼，住别人家里还废话那么多……”

“就是啊，反正今晚也睡不着。”

“我能睡着，还会打呼噜呢。”

熊谷砰地在地上跺一脚，钻进了蚊帐内，连衣服也没有脱下。

“你想睡觉我可不让你睡。阿滨，要是让阿熊睡着那可了不得。他一睡觉，我就胳肢他。”

“啊，真热啊，这样子根本没法睡啊。”

熊谷躺在被子中间，膝盖立起。他的右边是滨田，滨田已经把西服脱下了，穿着衬衣和裤子，瘦弱的身体仰面躺着，肚子凹陷。他把一只手放在额头上，似乎在静听窗外的风雨声，另一只手拿着团扇啪嗒啪嗒地扇着，听着声音令人更觉得闷热。

“我这个人怎么说呢，有女人在旁边，怎么也睡不着觉的。”滨田说。

“我是男人啊，不是女人。阿滨你自己说过我不是女人的。”

娜奥密在蚊帐外昏暗的地方换睡衣，能看到她裸露出的雪白的背。

“虽然话是这样说，但是……”

“……睡在你旁边，还认为我是女的吗？”

“唔，是啊。”

“那阿熊呢？”

“我不在乎。我就没把你当作女人。”

“不是女人是什么？”

“这个……海豹，你是一只海豹。”

“哈哈哈，海豹和猴子，你觉得哪一个好？”

“无论哪一个我都不会要的。”

熊谷故意发出睡着的声音。我躺在他的左边，一声不吭地听着他们三个人聊天。如果娜奥密钻进蚊帐睡觉，就必须把头对着我或者滨田。我一直密切地关注着，看看她会把头朝向哪一个人。因为娜奥密的枕头在中间位置，无法看出她明显偏向哪一个人。也许是她在铺被子的时候故意这样做的，方便可以随时选择变换自己的位置。没多久，娜奥密就穿着桃色的睡衣钻进了蚊帐，直挺挺地站着说：“关不关灯？”

“唔，关吧。”这是熊谷的声音。

“那我就关了……”

“啊！疼疼疼！”熊谷突然叫了起来。

原来娜奥密猛然地踩在他的胸口上，从蚊帐里伸出手“啪”的一声关掉了灯。

屋子瞬间黑暗下来，屋外电线杆上的路灯光芒投射在玻璃窗上，借助微弱的光亮可以勉强看清彼此的脸庞和衣服。娜奥密从熊谷的头上跨过去，跳上自己的被子。她睡裙飘开的下摆在她落下的一瞬间打在了我的鼻子上。

“阿熊，不抽一支烟吗？”娜奥密并没有马上睡觉，她像一个男人一样叉开腿在枕头上坐下，从上方俯视着阿熊，“喂，脸对着我啊。”

“你真是个混蛋，故意不想让我睡觉。”

“嘿嘿，快！把脸转过来，你不转的话我可就要亲自动手了！”

“啊！疼！疼！停！停下！快停下！我是一个人，就不能对我温柔一点儿吗？又踩又踢，我再怎么结实也受不了。”

“嘿嘿嘿……”

我静静地看着蚊帐顶部，不知道他们在干什么，好像是娜奥密用脚尖使劲压熊谷的头了。

“真是的。”熊谷说着翻了个身。

“阿熊，你醒了吗？”滨田说。

“嗯，醒了。遭到了非人的迫害。”

“阿滨，你也把脸转过来，不然你也要遭到非人的迫害了。”

滨田翻动了一下身体，似乎是趴在被子上面。熊谷在和服衣袖里窸窸窣窣翻找着火柴，只听见火柴划下的声音，然后我的眼前就出现了一团亮光。

“让治，你也面向我。一个人在那边干什么呢？”

“哦，哦……”

“怎么了？困了吗？”

“嗯，嗯……是有点迷迷糊糊的……”

“呵呵……你虽然这样说，但是在故意装睡的对吧？其实心里比谁都要着急。”

我被她一语道破，尽管闭着眼睛，依然感觉到脸上火辣辣的。

“我没关系的，只是在闹着玩，你放心睡好了……若是不放心，就把脸对着我吧，不用硬着头皮忍着。”

“他也是想受到你的迫害吧。”熊谷点燃了香烟，狠狠地吸了一口。

“迫害他？还是算了吧，没有一点儿作用，每天都这样做来着。”

“你们还真是亲密无间啊。”滨田说。他的话言不由衷，顶多算是一种虚假的奉承。

“话说让治，你若也想受到迫害，我就给你来一下吧。”

“不，不要。我已经受得够多了。”

“这样的话你就把脸转向我，只有你一个人在那边，这样多不好。”

我翻过身，下巴放在枕头上。看见娜奥密叉开双腿呈八字坐在那里，两只脚对着我和滨田，而熊谷的脑袋刚好伸进八字形中间，悠然自得地抽烟。

“让治，我这个样子怎么样？”

“嗯……”

“嗯什么嗯，说话啊。”

“真可怕，你就是一只海豹。”

“没错，我是海豹。现在正在冰上面休息，面前躺着的是三只雄海豹。”

翠绿色的蚊帐从上面垂下来，像是被乌云笼罩……暗沉的夜色里可以看到一头披散着的长发中包裹着一张白色的脸庞……胸脯、胳膊、小腿从凌乱不整洁的睡衣中显露出来……这个姿势是娜奥密平时引诱我时常用的。每每看到她这样的姿势，我都如同被诱饵引诱上钩的野兽。我在微弱的光亮中看到娜奥密正做出以往勾引我时的表情，笑吟吟地用不怀好意的目光直直地盯着我。

“什么可怕，胡说八道。明明每次你都受不了看到我穿睡衣。今天你之所以忍着，是因为看到有外人在。对吧，让治？”

“不要胡说。”

“嘿嘿嘿……如果你非要这么逞强，那我就来降伏你吧。”

“喂，喂，我说你们安静点好吗？这些话你们还是留着明天晚上再说吧。”

“对，同意。”熊谷说。

“希望你今天晚上不要搞特殊，要对大家一视同仁。”滨田接着说。

“我哪里没有一视同仁了？这只脚给阿滨，那只脚给让治，就是为了让你们没有意见……”

“那我呢？”

“阿熊，你离我最近最占便宜了。脑袋还伸进这个地方。”

“这是我的荣幸嘛。”

“对嘛，我最优待你了。”

“但是，你不能一晚上都这样坐着吧？睡觉的时候要怎么办？”

“对啊，该怎么办才好呢？头要朝哪一边呢？是朝向让治，还是阿滨呢？”

“头朝向谁不都是一样吗？”

“当然不一样。阿熊你睡在中间当然没有问题。对我而言，就是个问题了。”滨田说。

“是这样吗？阿滨，那我把头朝向你那边吧。”

“问题就在这里。如果你把头朝向我，我心里会很担忧，如果你头朝向河合先生那边，又觉得不舒服……”

“她睡相还不好。”熊谷插话说，“要是她不小心半夜踢脚，睡在她脚那边的人说不定就被踢飞了。”

“河合先生，真的是这样吗？她的睡相很不好吗？”

“对啊，很不好，不是一般的不好。”

“喂，滨田。”

“干吗？”

“如果睡得很迷糊，说不定还舔人后脚跟呢。”熊谷说着就哈哈大笑了起来。

“舔脚有什么？让治就一直舔着呢。还说脚比脸蛋更加让人觉得可爱呢。”

“那是某种拜物教吧。”

“没错，就是这样。对吧？让治，你很喜欢我的脚对吧？”

随后，娜奥密说“必须公平”，两只脚交换着一会对着我，一会对着滨田，每隔五分钟她就要变换一下，一直在被子上动来动去。

“啊，这次该轮到阿滨挨着脚呢。”

娜奥密躺在被子上，如同圆规一般抬起两只脚在被子上呼呼地转动，有时双脚会踢到蚊帐顶部，有时把这一边的枕头扔到另一边。被子本来就有一半在蚊帐外面，现在被这只海豹折腾得蚊帐四角都翻卷了起来，几只蚊子从外面“嗡嗡”飞了进来。“不行，有蚊子。”熊谷猛然坐了起来，挥手驱赶蚊子。不知道是谁没注意踩住蚊帐把吊绳弄断了，蚊帐掉落下来。娜奥密在蚊帐里，更加闹腾了。费了好大的劲儿接上吊绳，重新挂起蚊帐。当这场吵闹慢慢平静下来的时候，天边已经有一抹泛白了……

风声、雨声、旁边熊谷的呼噜声……我听着这些声音，迷迷糊糊就要进入睡梦，可是很快又清醒过来，睁开眼睛。这个房间两个人睡都显得狭窄，空气中始终弥漫着娜奥密身上和衣服上甜腻的如同发酵了一般的香味，在这个四周密闭的空间里，如同即将要地震般令人窒息。熊谷总是翻转身体，出汗的手和膝盖紧紧地挨在一起。再看看娜奥密，虽然枕头在我这边，上面却放着一只脚，另一只脚则拱起膝盖，脑袋朝向滨田那边，整个人陷入了深沉的睡眠中，看来这个闹腾的疯丫头也累了……

“娜奥密……”

我留意着大家熟睡时安稳的呼吸声，抚摸着她伸进被子下边的小脚。啊，这双脚，正在熟睡中的雪白美丽的小脚，属于我的小脚。在她还是一个小姑娘的时候，我每天晚上就用温热肥皂水仔细清洗。看看，这双脚是如此柔滑细腻——从十五岁开始，她的身体就迅猛发育，但只有这双脚，依旧浑圆小巧。没错，大脚趾仍然是当时模样的大脚趾，小脚趾的形状、圆润的脚后跟、丰满结实的脚背，和当初的样子没有一丁点差别……我的嘴唇情不自禁地吻在了脚背上。

天亮之后，我又朦朦胧胧地睡了一会儿。但没多久就被一阵笑声吵醒了，原来娜奥密刚才把纸伸进了我的鼻孔里。

“让治，怎么样？醒了吗？”

“嗯，几点了？”

“十点半了。但是，起来也没有什么事可做，干脆睡到中午去。”

外面雨停了。星期日晴空万里，房间里闷热的气息依旧久久不曾散去。

十三

那个时候，我在家里放浪形骸的荒诞生活，公司里无人知道。因为我不会把公司和家庭生活搅在一起。哪怕上班中偶尔想起娜奥密，但也未曾影响到工作，别人不可能会注意到。因此，我始终坚信，在同事们眼中，我仍旧是一名正人君子。

但是，在那个梅雨时节还尚未结束的、天色阴沉的一天晚上，同事中一名叫波川的工程师被公司派遣去往海外工作，大家在筑地的精养轩为他举行欢送会。我参加欢送会不过是出于礼节敷衍一下，等到聚餐结束、吃过甜点水果后，大家陆陆续续往吸烟室走去，在一边喝酒一边热闹聊天中，我想大抵应该回去了，便站起身来告辞。

“喂，河合，坐下来。”

一位名叫S的同事奸笑着叫住了我。他脸上隐隐已有醉意，和T、

K、H 等人霸占着一张沙发，硬拉着我坐在了他们中间。

“喂，可别想着溜走，急匆匆的难不成是想去什么地方吗？”S 指着茫然若迷的我，再一次笑了起来。

“不是，哪里都不去……”

“那你是直接回家喽？”H 说。

“啊，不好意思，我先失陪了。家住大森，这种天气可不好走，若是不早点回去，没有车就很难办了。”

“哈哈哈，你倒是很会说话。”T 又说话了，“喂，河合，我想告诉你，你的秘密我们都知道了。”

我心中一紧，从 T 的话中我难以推测出他所说的“秘密”究竟指的是什么，反问道；“什么秘密？”

“实在是让人万分惊讶啊，我一直都以为你是一个正人君子呢，没想到……”K 歪着头感慨着说，“说到底世界在前进，连河合都去跳舞了。”

“喂，河合。”S 仿佛是怕周围的人听见，凑近我的耳边说，“那个和你在一起的漂亮女人是谁？什么时候给我介绍一下？”

“介绍什么啊，没什么可介绍的……”

“但是，听说是帝国剧院的女演员呢……对吧？也有人说是电影演员，还有人说是混血儿。告诉我她住在哪里？不然别想走。”

我脸上露出了十分明显的不愉快的表情，气得一句话也说不出来。S 似是没有察觉，依旧兴趣十足地凑过来，一脸正色地问:“喂，说真的，如果不跳舞的话，就不能把那个女人叫出来吗？”

当时一句“混蛋”我差点就骂出口了。原本以为在公司里无人知道，哪晓得已被人发现了，而且，从这个“好色之徒”的S口中的话猜测，他们似乎并不知道我和娜奥密已经结婚了，而是把她当作了可以随便约出来的女人。

“你这个混蛋！别人家的老婆，是能够随便叫出来的吗？以后不要说这种没有礼貌的话。”听着S侮辱的话，我的脸立马阴沉下来，想要说出一些呵斥他的话。在那短短的一瞬间，我的脸色的确变了。

“喂，河合，河合，说吧。真的……”这些家伙吃定了我是一个老实人，觉得我很好说话，死皮赖脸地纠缠着。H说完后看向K，说：“嘿，K，这些消息你是从哪里听到的？”

“从庆应大学的学生那里听来的。”

“唔，他们都说什么了？”

“我的一个亲戚是舞迷，经常出没在舞厅里，所以认识那个美人。”

“那美人叫什么名字？”T从一旁探出脑袋问。

“名字……嗯……十分奇怪的一个名字……NAOMI……好像就叫NAOMI之类的。”

“NAOMI……听名字的确是混血儿……”S一脸嘲弄地看着我，“倘若是混血儿的话，那多半就是那个女演员了。”

“听说那个女人骚得不行，庆应大学很多学生都被她迷得魂不守舍。”

我脸上如同抽筋般挂着丝丝微笑，嘴角一直在细微不可察觉地抖动着。听到 K 的此番话后，笑容瞬间僵硬在了脸上，两颗眼珠也仿若深深陷进眼窝里。

"噢，这下有门道了。"S 脸上流露出喜悦之情，"你那个亲戚学生怎么样？和那个女人有没有什么关系？"

"这我就不知道了，不过听他说他的两三个朋友和那个女人有过关系。"

"好了，好了，不要说了。你们看河合的脸色有多么难看。"听到 T 这样说，大家都抬头看着我笑了起来。

"这有什么，难看就难看一点儿。谁叫他瞒着我们独自一人霸占美女，一点儿都不够意思。"

"哈哈哈，河合，怎么样？偶尔吃醋没事吧？"

"哈哈哈……"

我哪里还顾得上生气，耳朵里已听不清他们说的话，只剩下刺耳的嘲笑声在耳朵里回荡。那个时候，我不知所措，不知如何应对面临的窘境，是哭，还是笑呢？我害怕一不小心说出什么来，又会遭到他们的嘲讽。

我不管不顾，魂不守舍地跑出了吸烟室，直接跑到了泥泞的大街上，任由雨水落在身上。可仿若觉得身后似乎有什么东西追上来，我便继续往银座那边跑过去。

来到了尾张町左边的一个十字路口时，我选择往新桥的方向走去，与其说是选择，莫不如说是在我大脑空白下的本能，无意识地往那个方向走罢了。人行道上的雨水反射出的路灯光芒映照在我的眼睛里，虽说是下雨天，但街上行人依旧不少。啊，艺伎撑着伞走过了，穿着法兰绒的美丽姑娘走过去了，电车驶过去了，汽车开过去了……

娜奥密骚得不行，把学生们迷得魂不守舍？怎么可能会有这种事情？可能，的确是有可能的，以娜奥密近段时间的表现，不往这个方向想才叫人奇了怪了。实际上，我在心中一直暗自担心，但想到她身边的男性朋友很多，反而放下来心来。娜奥密只是一个孩子，性格外向开朗，如她自己所说“我是一个男孩子”，因此才会和身边的男孩子玩耍打闹。即便她有什么想法，也不可能瞒过所有人，她绝对不会……事情就坏在这个“绝对不会”上。

可是，显然不会这样的。虽说娜奥密变得目中无人、狂妄自大，但她品行端正。这方面我十分了解。表面上看她看不起我，十分蔑视我，但她从未忘记从十五岁起我对她的养育之恩。她不止一次在枕边流着眼泪，表示决不会做背信弃义的人。她的话我毫无条件地相信。K说的话——也许公司里某个不安好心的人故意编造出来的？若是这样就好了……但是，K的那个亲戚学生是谁呢？光他知道就有两三个人和娜奥密有过关系？这两三个人是谁？……滨田？熊谷？最值得怀疑的人就是他们两个了吧。但是，他们为什么没有吵架呢？总是一起来找娜奥密而不是单独来，与娜奥密痛痛快快玩耍，这是怎么一回事呢？难不成是想以此来欺瞒我？还是说娜奥密手段高超，把他们玩弄于股

掌之上，两人之间互不知情？但是，最最重要的问题是，娜奥密已经堕落到这种地步了吗？若娜奥密与他们两人发生过关系，那么，前些天晚上怎么还会与大家挤在一起睡觉？他们就这么不知廉耻吗？倘若事实真是如此，娜奥密的行为简直比妓女还要下流……

我走过了新桥，吧唧吧唧踩着泥浆顺着芝口大街走上了金杉桥。雨水倾盆，从天空砸落下来，把我死死包裹住。雨伞上滑落的雨水淋湿了雨衣。啊，那个大家挤在一起睡觉的晚上也是下了这么大的雨。那个在钻石咖啡馆娜奥密第一次向我敞开心扉的晚上也是在下雨。虽然那是春天。而今晚，我全身湿淋淋地在雨中行走，这个时候，大森的家里估计又有人来了吧，或许又要挤在一起睡觉。当脑中闪过这样的疑惑时，眼前浮现出了那天晚上滨田和熊谷猥琐围坐在娜奥密身边没完没了聊天的场面。

没错，我不能再耽搁了。

我这样想着，急匆匆地往田町车站方向走去。等啊等，一分钟、两分钟、三分钟……在第三分钟的时候，电车终于来了。我有生以来从未经历过如此漫长的三分钟。

娜奥密！娜奥密！我今晚怎么会让娜奥密一个人在家里？娜奥密没在我身边，不行，没有比这更糟糕的事了。只要能见到她，我心中所有的烦闷和焦躁都会稍稍减弱。我祈求只要能听到她那空灵爽朗的声音，看到她天真无邪的双眼，一切的疑虑都会消失到九霄云外。

可是，假如她又提出要和其他人挤在一起睡的要求的时候，我该怎么办呢？以后对接近她的滨田、熊谷之类的家伙该采取怎样的态度呢？是不顾一切，哪怕惹怒她也在所不惜，也要对她严加管制吗？如果她听话服从倒还好，假如激烈反抗，那又该怎么做呢？不，不会的。只要我对她说“今晚我在公司受到了一些侮辱，所以你要注意约束自己的行为，不要让人说三道四”。这与其他情况不同，而是关乎她自身名誉，这样的话，她应该会听从我的话吧。若是她连名誉和误会都不管不顾了，那么就的确值得怀疑，K所说的应该就是事实。如果……啊，如果真的发生了这种事……

我努力使自己保持在冷静理智的心态中，来思考可能会发生的最坏的情况。如果她真的背着我有不可告人的秘密，我会原谅她吗？说真的，假如没有她，我一天也活不下去。她会堕落，我也有一半的责任。只要娜奥密能改过自新、知错即改，我也不会太过责怪她，何况，我也没有责怪她的资格。但是，我十分担心娜奥密倔强如驴的脾气，她对我的态度十分强硬，哪怕把证据放在她面前，也决不会承认错误。就算是嘴上承认了错误，那也是口是心非，心里没有一丝悔改之意，压根没有把我放在眼里，要是以后继续犯错，我又该怎么办呢？如果因为意见不合最后闹得不欢而散呢——这是我最害怕的结果。说明白点，相比于她的贞操，这个问题更让我头疼。在了解真相或者斥责她前，必须做好应付这种局面的办法。假如在她说“我要走了”的时候，能够说出“走就走吧，随便你”这样的话，那就太好了……

但是，我十分清楚地知道，娜奥密在这个问题上有与我同样的弱点。因为她只有和我一起，才能肆无忌惮地挥霍享受，假若我把她赶出家门，除了那个狭小的千束町的家她别无去处。真要是那样，她除非去真正做一个娼妇，否则没有人会来捧她了。滨田和熊谷或许会收留她，但她应该很清楚，滨田和熊谷都是学生，她无法从他们那里获得我曾给她的奢侈富贵。这样一想，能让她尝到享受的滋味也是一件好事了。

还有，记得有一次学习英语时，娜奥密与我斗气，把本子撕了。我十分生气地让她“滚”，她不就是乖乖认错了吗？那时她若真的离去，我不知道我会有多懊恼和痛苦，但是，她肯定会比我更加痛苦。因为只有我在，才会有现在的她，她离开了我，就会重新掉落在社会最底层，永世难以翻身。对此她显然十分忌惮。现在忌惮的程度和那时毫无二致。娜奥密现在十九岁了，随着年龄逐渐增长，她也开始懂事了，想必更加清楚这一点。这样，在她说出“我要走”这句威胁的话时，未必会言出必行。大抵她也明白，我不会为这种程度的恐吓而感到惊讶的。

在回大森的路上，我心中多多少少恢复了些勇气。我只坚信一点，无论发什么糟糕的事，我都不会和娜奥密分开。这一点毋庸置疑。

到达家门口时，没有看见脑中所想象的画面，画室黑漆漆的一片，一个客人也没有，只有阁楼上那间九平方米的房间亮着灯。

“原来她一个人在家里……”

心中悬着的石头终于落地了，我感叹这实在是太好了，有娜奥密在真幸福。

我用钥匙打开门，进到屋子里我就打开了画室里面的灯，屋子依旧凌乱，但确实没有客人来过的痕迹。

“小娜……我回来了……”

没有回答，我悄悄走上楼梯，看见娜奥密一个人在阁楼房间的被窝里安静沉睡。她经常这样，在无所事事极度无聊的时候，无论白天黑夜，无论什么时候，她都可以钻进被窝看小说，常常看着看着就不知不觉地睡着了。看着她这张纯真可爱的脸庞，心中越发安宁。

这个女人会骗我吗？这种事会发生吗……就是我眼前这个安稳沉睡的女人吗……

我害怕把她惊醒，轻轻地坐在她的枕边，屏着呼吸久久凝视着她的脸庞。不知为何，突然想到了小时候听到过的一个民俗怪谈：很久以前，有一只狐狸变成了美女去勾引男人，但是在睡觉的时候她就会现出原形，妖怪的画皮便会褪去。娜奥密的睡相实在不好，睡衣完全掀了起来，两腿之间夹着衣襟，袒胸露乳，一只胳膊撑着，洁白的手臂如同柔韧弯曲的树枝般放在胸口上，另一只手弯成一个优美的形状放在我坐在枕头边上的膝盖旁，头歪向胳膊伸出的方向，看上去快要从枕头上掉下来一般。一本摊开的书放在紧靠鼻尖的地方。那是被娜奥密誉为“当今文坛最伟大的作家”的有岛五郎的小说《该隐的后裔》。我的眼睛不停地在书本白色的西洋纸和娜奥密雪白的酥胸上来回扫视着。

说起来，娜奥密的皮肤有时看起来黄黄的，有时却显得很白。特别是当她熟睡或者刚刚醒来时，皮肤就会变得白皙透亮，仿若在睡觉时全身的油脂都消失了似的。很多人对“夜晚”的印象，都会与“黑暗”联系在一起。而我首先想到的，却是娜奥密娇嫩的皮肤。娜奥密皮肤的白不像是白天无处不在明亮的亮光那样的白，是紧裹在脏兮兮、邋遢的被子中的那种白。也正是因为如此，才让我深深迷醉。

我深情款款凝视着睡梦中的娜奥密，恍惚觉得她的胸部在灯罩阴影下如同从湛蓝的海水中清晰浮现出来。醒着的时候，她的欢快总是在脸上，千变万化的表情此刻却如同被人勒住脖子灌下苦药般紧皱眉头，露出一个神秘的表情。但我却非常喜欢她在睡梦中的这副面孔。我常常对她说：“你睡觉时表情截然不同，像是在做噩梦一样。”我还常常这样想，娜奥密死后的面相也一定很好看。娜奥密如此娇艳美丽，哪怕她真的是一只狐狸所化，我也无怨无悔愿意被她引诱。

我就这样一动不动地坐在床边凝视着娜奥密半个小时左右。她的手从灯罩的阴影处伸到了光亮里，手掌向上轻轻地握着，犹如初次绽放的花朵，平静跳动的脉搏在她手腕上清晰可见。

“你什么时候回来的？”娜奥密的呼吸开始变得紊乱，然后睁开了眼睛，眼睛里还残留忧伤。

“就刚才……回来有一会儿了。”

“为什么不把我叫醒呢？”

“我叫了，但是你没有醒过来，我就让你继续好好地睡。”

“坐在这里做什么？看我睡觉吗？”

“嗯。”

“你这个怪人。”说完，她如一个天真的孩子般笑了起来，伸出来的手放在我的膝盖上。

“今天晚上只有我一个人，好无聊。本以为会有人来找我玩，结果一个都没有……小爸爸，你还不睡觉吗？”

“当然要睡，不过……”

“好了，那就睡吧……我衣服都没脱就睡了，结果被蚊子咬得到处都是。你看看，都被咬成这样了！给我挠挠……”

我给她的胳膊和后背挠了一会儿。

“啊，谢谢啊。简直痒得我要命。不好意思，能不能把那边的睡衣拿过来给我穿上？”

我拿来了睡衣，把躺在床上伸展成大字的娜奥密抱起来，给她解带换衣的时候，娜奥密像是死人那样手脚不动，好像是睡熟了似的。

“蚊帐挂起来吧，小爸爸，你也早点睡。”

十四

那天晚上我们两个睡在一起说的悄悄话就不多言。当我把在精养轩听到的话告诉娜奥密时，她气得破口大骂：“这都是什么人，风言风语，无礼可恨的家伙！”然后一笑了之。总而言之，在当时，人们对跳交际舞缺乏足够的认知，看着男女牵着手跳舞，就认为两人之间有什么不可告人的不正经的关系，流言蜚语满天飞。再加上一些对新时代反感的报刊写的不真实的中伤的报道，让人们以为跳舞是不正经的行为。既然想跳舞，就要接受别人在背后议论的准备。

“让治，除了你之外，我从来没有和别的男人单独待在一起过，你不相信我吗？”

跳舞时也好，在家里也罢，她都是和我在一起的。有时候我不在，也没有单独的客人来访。即便是客人一个人在，只要她说“家里只有我一个人”，客人也会知趣回避的。她没有认识那种不懂礼数的男性朋友。

“我的确十分任性，但好事坏事我还是分得清楚的。如果我想要骗你，是一定能骗到你的，但我不会那样做。我对你一直坦诚相待，没有事情瞒着你。”

“我知道。只是听着别人这样说，心里很不舒服。”

“不舒服，那该怎么办？难道你以后都不打算去跳舞了吗？”

“再去跳也不是不行，但是要注意一点儿影响，不要让人非议。”

“我现在不就是吗？和人交往已经很慎重了。”

“所以我才没有误解什么嘛。”

“只要你没有产生误解，无论那些人说了什么，我都不怕。是因为我粗鲁无礼，说话难听，所以才被他们嫉恨……”

之后，她用悲伤且娇媚的声音叙说着，告诉我说只要我相信她、爱着她就足够了。因为性格不像女孩子，所以才会和男孩子交朋友，喜欢男孩们直爽的性格。和他们在一起只是玩闹，绝无半点谈情说爱这类不好的念头。最后她重复着之前她说过的话：“不会忘记让治先生从我十五岁开始对我的养育之恩。”“我把你当作父亲，也当作丈夫。”说完后流下眼泪，让我给她擦眼泪，她不停地亲吻我。

但是，让人十分疑惑的是，不知是偶然还是故意，在这长时间的交谈中，娜奥密一次也没有提到过滨田和熊谷的名字。我本来想把他们两个人的名字说出来，来试探一下娜奥密的反应，但最终还是未曾说出口。她说的话，我并未全部相信，如果要怀疑，任何事情都值得怀疑，事到如今，没有必要把以前的事情翻出来寻根究底，只要今后注意一些就行了……虽说当时打算采取强硬的措施，但到现在态度已缓和下来。她流着眼泪亲吻我，抽噎着声音说着缠绵悱恻的情话。心中虽还有怀疑，但最后还是相信了她说的话。

从这件事过后，我开始暗中留意娜奥密的动作，她似乎在一点一滴、不着痕迹地改变着过去的生活习惯。仍然会去跳舞，但去的次数少了，也不会跳太长的时间，控制在一个合适的范围内，到点就回家了。以前那些客人也没有来找她玩耍了。每次我下班回家，都看见她一个人安分地待在家里，看书或者织毛线，要么就是安静地听留声机，或者在花坛种花。

“今天也是一个人在家里吗？”

“对啊，我一个人呢，谁也没有来玩。”

“不会觉得寂寞吗？”

“若是一早就注定一个人的话，寂不寂寞也无所谓了。不在乎。”她又接着说，“我很喜欢热闹，但不代表不喜欢寂寞。小时候没有朋友，都是一个人玩的。”

“说起来好像的确是这样。你在钻石咖啡店打工的时候，也不怎么和其他同伴说话，显得有些惆怅。”

“对啊，表面上我是一个疯疯癫癫的丫头片子，但骨子里其实是很惆怅的……惆怅不好吗？”

“性格温和自然最好，但惆怅就不要了。”

“你的意思是说还不如像之前那样任性胡闹喽？”

“我不知道能好多少？”

“我变成好孩子了，对吧？”她突然扑了过来，双手紧搂住我的脖子，疾风骤雨般疯狂地吻我，把我吻得双眼发晕，都快喘不过气来。

“怎么样？好久没有去跳舞了，今晚去吗？”我主动提出来，她却显得兴致索然，说：“我都可以……如果你想去的话……”有时也会说：“今天晚上我没有心情跳舞，不如去看电影吧。”

四五年前那种纯真快乐的生活又回到了我们身边。我和娜奥密差不多每天晚上都会去浅草看电影，顺便在回来的路上随便找一家餐馆吃饭。一边吃饭，一边说起当初值得怀念的美好往事，沉浸在回忆之中。

“那时你个子矮，扶着我的肩膀坐在帝国剧场的栏杆上看电影。”

“你第一次来咖啡店的时候，紧绷着脸，也不说话，只是从远远的地方紧紧盯着我，让我胆战心惊……小爸爸，你现在不怎么给我洗澡了，我记得你以前总是会给我洗澡的啊？”

“啊，还有过这样的事啊？”

“什么叫还有过？难道以后都不给我洗了吗？是不是觉得我长大了，就不愿意给我洗了？”

“哪里会不愿意呢，我现在就想给你洗。我那样做，是故意回避的。”

“是这样吗？那你给我洗，我又要成大娃娃了。”

这次交谈过后，刚好进入了沐浴时节。我把扔在储藏室角落里的西式浴缸重新搬回到画室里，给她洗澡。在四年前，我叫她“大娃娃”。而如今丰腴的娜奥密躺在浴缸里，俨然已成为一个大人了。她的头发解开后如乌云一般浓密；肉体丰满，每个关节上有小小的可爱的肉窝；肩膀比以前更加厚实浑圆；胸脯和臀部更有弹性，曲线凸显；优雅的双腿也越发修长……

“让治，我是不是长得太高了？”

“的确是长高了，已经和我差不多了。”

“我马上就要超过你了。之前去称了一下体重，我已经五十三公斤了。”

“是吗？我连六十公斤都没有呢。”

“你个子这么小，居然比我重啊？”

“这是当然，虽说个子矮，但是骨骼很壮实。”

“那你现在还能当马驮我吗？我记得刚搬到这里时，经常这样做来着。我骑在你背上，用毛巾当缰绳，‘驾、驾、吁、吁’地吆喝着，你就在屋子爬来爬去。”

“嗯，那个时候你体重还很轻，只有四十五公斤左右吧。”

“现在你就要被我压垮了吗？”

“怎么会呢？你要是不信，就骑上来试试。”

我们开着玩笑，像过去那样玩起骑马游戏来。

“噢，我又当马了。”

我在地上趴着，五十三公斤重的娜奥密一下子压在了我的背上，她让我咬着毛巾，当作缰绳。

“呀呀，这匹小马怎么如此瘦小啊！摇摇晃晃的。来，打起精神来！驾、驾、吁、吁！”她吆喝着，双腿用力地夹着我的肚子，手上用力拉着缰绳。我用尽全身力气支撑着，不被她的重量压垮，挥汗如雨在屋子里爬来爬去。直到我没有一丝力气，这场恶作剧才算结束。

“让治，很久没有去镰仓了，今年夏天去吗？”八月的某一天，娜奥密说，“我只去过一次，还想去那里玩。”

“唔，是的，那次之后就再也没去过了。”

“对啊，那今年就去吧，那个地方对我们有很重要的纪念意义。”

娜奥密的话让我感到十分高兴。诚如她所言，我们的蜜月旅行——算是蜜月旅行去的地方就是镰仓。于我们而言，镰仓可以说是最值得纪念的地方了。我们每年都会去外地避暑，唯独没有再去过镰仓。现在听到娜奥密提起它，觉得这是一个很棒的提议。

“好，去，一定去。”我立刻答应下来。

事情一旦决定下来，我们就马上行动。我向公司请了十天假，把大森的大门锁上，月初时两个人动身去往镰仓，在一个名叫植谷的花匠那里租了一间客房，客房与主房隔着有一段距离，位于长谷大街通往皇室别墅的路上。

最开始，我打算不再住金波楼，想找一家舒适干净的旅馆，最后没想到会租房间住。因为是娜奥密告诉我这个花匠有房间要出租的消息。她说：“我是从杉崎老师那里听来的，觉得十分合适。”娜奥密觉得住旅馆会花很多钱，还要顾忌周围的客人，还是租一间单独的房子住比较好。刚好杉崎老师在东洋石油公司担任董事的亲戚在这边租了一间房子，却一直没来住，可以让我们住，这样子不是更好吗？那位亲戚以五百日元的租金租了六、七、八总共三个月。他只住到了七月底就离开了，说是已经住腻了，有人想租住，他随时欢迎。还说是杉崎老师介绍过来的，房租什么的都无所谓……

“我们就住在这里吧，在没有比这更好的事情了。不用花钱就能住上整整一个月。”娜奥密说。

“但是我还要上班，玩不了那么久。”

“离镰仓这么近，每天坐火车就行了。不可以吗？”

“先去看看那个地方你是否满意吧，看了再说……”

“好，明天就去。如果我满意的话，就定下来吗？”

“当然可以，但是白住的话我心里会过意不去，这一点要事先说清楚……”

“我明白的。你很忙，我去看好后就去杉崎老师那里付租金，一百或者一百五十日元是一定要给的……”

这样商定后，娜奥密一个人去了。最后租金谈成一百日元，所有手续也办妥了。

我对房子不怎么放心，过去看了一下，比想象中要好得多。说是出租的房子，实际上是不与住房相连的一栋独立的平房。房子有两间十六平方米和九平方米的屋子，还有前门、浴室和厨房，出入口是分开的，院子外就是马路，这样不用和花匠的家人碰面。这样看来，很像两个人在这里建立了新家。我在新铺的榻榻米上悠然自得地坐下来，面前放着方形火盆，心情舒畅，很久没有感受到纯日本式的气氛了。

“啊，太好了，心情都变好了。”

“这个房子可以吧？和大森比哪个要好？”

“当然是这里了，舒坦又宽敞，无论待多久都不会觉得腻。”

“瞅瞅，我就说住在这里嘛。”娜奥密十分得意。

有一天——大抵是来到这里后的第三天，我们中午去游泳，游了约一个小时，然后躺在沙滩上休息。

一个人突然站在我们面前，喊着“娜奥密”。

我抬头看过去，原来是熊谷。他似乎刚刚上岸，紧贴在身上的泳衣湿淋淋的，海水顺着长满毛的小腿流下来。

“哎呀，阿熊，你是什么时候来的？”

“今天刚来，我远远看见想一定是你，一看果然没错儿。”说完，熊谷向海里举起手臂，大声喊道：“喂——”

“喂——”海里也有人回应。

“那是谁？”

“是滨田。滨田、关、中村和我，今天我们四个一起来的。”

“这下可热闹了，你们住在哪里？”

“我们才没有那么好的兴致在这里住下。只是天气太热，跑过来游泳，今天就打算回去。”

在娜奥密和熊谷说话的时间，滨田也上岸了。

“啊，真是好久不见……河合先生，怎么样？最近很少看到你去跳舞了啊。”

“并不是，娜奥密说去腻了。”

“是这样吗？不像话。你们什么时候来的？”

“两三天前，在一个花匠那里租了房子住。”

“那里真不错。有杉崎老师帮忙，我们可以住到月底。”

“真是别有一番风趣啊。”熊谷说。

“你们要在这里住很长一段时间吗？”滨田说，“镰仓好像也有跳舞的地方。今天晚上在海滨饭店就有一场舞会。我还在想要是我有舞伴，我也去。”

“我才不去。”娜奥密干脆拒绝道，“这么热的天跳舞一点儿都不好。等过段时间凉快了再去。”

“对啊，夏天本就不适合跳舞。”滨田说完，显得有些局促不安，对熊谷说：“嘿，熊谷，再去游一次怎么样？”

“我有些累了，不去了，回去吧。找个地方休息一下就回去，不然晚了回到东京天就要黑了。”

“他说要去休息，是去哪儿？”娜奥密问滨田，“是不是有什么好玩的事情？”

“没有。是关的叔叔在扇谷有栋别墅。今天大家被硬拉到那里说要请我们吃饭。但我们觉得太拘谨，打算不吃饭就溜走。”

“有那么拘谨吗？”

“拘谨得不行，女佣一出来就跪在地上磕头行礼，看着就累人。那样子饭无论如何也吃不下去。对吧，滨田，走吧，回去，回东京随便吃点什么都行。”

熊谷这样说着，却没有马上站起身来，依旧伸着腿坐在沙滩上，抓起沙子放在膝盖上。

“怎么样？我们一起吃个晚饭吧？既然大家都来了……”

我看到娜奥密、滨田和熊谷都没出声，自己只有这样说，似乎只有这样才能打破这尴尬的气氛。

十五

那天晚上，我们热火朝天地吃了一顿晚饭。滨田、熊谷、关和中村都来了，六个人在十六平方米的房间里围坐在矮脚餐桌旁，吃饭、聊天，一直到十点左右。一开始我心里不愿让这群家伙来我们住的地方打扰，但他们活力四射、朝气蓬勃，性格又直爽，随心所欲，如这般偶尔见见面，也不是一件不愉悦的事情。娜奥密言谈得体，待人接物态度亲切，举止稳重，让人满意。

“今天晚上可真有意思，偶尔和这帮人见见也挺不错的。”

送他们到车站，在他们坐末班车回东京后，我和娜奥密手牵手在夏天的夜晚边走边聊天。夜空繁星密布，海风清凉舒适，这是个美丽的夜晚。

“是吗？真的这么有意思？”她的口气听上去，似乎也在为我心情愉悦而感到高兴。她略微思考，说，“和他们接触久了就会发现，他们心眼其实并不坏。”

“啊，的确不坏。”

“但是，他们过几天会不会又来？阿关说了他叔叔的别墅就在这边，今后会常常带人来玩。”

“虽然是这样，但他们应该不会经常到这里来吧……”

“偶尔一两次还行，但要是经常的话，我可吃不消。下次他们来，不用招待得太好，也不用请吃饭，合适的时候便让他们回去。”

“但也不能这样赶人家走吧……”

“怎么不就行了？我就直接告诉他们在这儿太碍事了，赶快回去吧——不能这样说吗？”

“哼，你这样又会被熊谷挖苦的。”

“挖苦就挖苦吧，我不在乎。我们本来就是来镰仓休息，他们跑来打搅，这本来就是他们的不对。”

我们走到一个松树的阴影里时，娜奥密停下了脚步。

“让治。”

娜奥密的声音温柔如云，我知道她这动人声音的含义，我默不作声，像是要融入自己的胸膛般把她紧紧搂在怀里，向她索取如大口吞海水般猛烈的吻。

十天假期如白驹过隙，很快就过去了，我们却陷入幸福之中久久不能自拔。按照一开始的计划，我每天从镰仓去公司上班。之前说“以后会经常来”的阿关等人也是在一星期后才来的，此后便几乎再没有来过。

到了月底的时候，公司有件紧急调查工作需要我做，我常常很晚回家。在平时我一般七点以前就能回家，和娜奥密一起吃晚饭。但现在五六天的时间会在公司加班到九点，等回到家大约已经十一点了。

这件事情，就发生在加班的第四天晚上。那天晚上，我提前完成了工作，八点左右就下班了。和以前一样，我从大井町乘坐国营电车到横滨，在横滨换乘火车去镰仓。当我到镰仓时，时间还不到十点。这几天晚上我很晚才回家，虽然只有三四天，却迫切想要见到娜奥密，和她一起舒心地吃饭，我现在归心似箭，从火车站出来坐上出租车就往通向皇室别墅的大道走去。

在酷热难耐的夏天工作了一天，到镰仓时又经历了乘坐火车的颠簸，在这海岸边感受到夜间空气的凉爽，让我产生了难以言说的惬意。这种感觉并非只有今晚有。今天日落时分下了一场雨，被雨水淋湿的花草和滴落着水珠的松树叶上蒸发出的水气带着一丝丝沁人心脾的幽香。路上随处可见反射出灯光的水洼，沙子已经不湿了，干得恰到好处，车夫拉着车跑动着，他的脚仿若踩在天鹅绒上，声音微弱不可闻。留声机的音乐不知道从哪一栋别墅的树墙后面传出来，偶尔能看见一两个穿着白色浴衣的人走动，的的确确像是来到了避暑胜地。

我在大门口下车后，从院子往房子的檐廊走去。我想娜奥密听到我的脚步声应该马上拉开檐廊的格子门出来迎接我，但格子门内灯火明亮，却毫无声音，娜奥密似乎不在屋里。

“娜奥密……”

我接连着喊了好几声，但都没有回应，我走进檐廊打开格子门，屋内空无一人，游泳衣、毛巾、浴衣挂在墙上，茶具、烟灰缸和坐垫等也没有收拾。客厅与平时一样凌乱，今天却显得特别安静，以恋人独特的感觉，知道她肯定不是刚刚离开的。

娜奥密去哪里了呢？在两三个小时前就离开了……

我找遍了所有地方，包括厕所和浴室，还特地到厨房门口，打开了水槽边的电灯，看见了水槽里堆满了清酒的空瓶子和残羹剩饭，想来有人又在这里大吃大喝了一顿。难怪在客厅的烟灰缸里看见了许多香烟头。一定是那伙人又来了……

我跑到花匠住的房子里，向他的老婆打听：“太太，娜奥密好像不在家，你知道她去哪里了吗？”

“啊，是小姐吗？”

房东太太称娜奥密为“小姐”。我们虽说是夫妻，但娜奥密更希望别人把我们当作新婚夫妇或者未婚夫妇，若是不叫她“小姐”就很不开心。

“小姐她黄昏的时候回来过一次，吃了晚饭后又和大家一起出去了。”

“大家都有谁？”

“有……”房东太太说话吞吞吐吐，“有那个叫熊谷的少爷，还有些其他人……”

房东太太不仅知道熊谷的名字，还称呼他为“少爷”，虽然感到奇怪，但现在没空了解这些事。

“你刚刚说她黄昏时候回来过一次，这么说，她白天也和他们在一起？”

“她下午一个人去游泳，然后和熊谷少爷一起回来的……”

“就他们两个人吗？”

“嗯……”

当时我并未感到担忧，但房东太太说话总是支支吾吾，脸上露出难为的神色，我心中隐隐有些不安。虽然我不想让她察觉到我真实的情感，但说话语气不知不觉急躁了起来。

“那……她不是和大伙一起吗？”

“嗯，当时只有他们两个人，说是今天饭店有舞会，就出去了。”

“之后呢？”

“之后……黄昏时分，大伙就一起回来了。”

“晚饭是大家一起在家里吃的吗？”

“是啊，十分热闹……”房东太太说完看了看我，苦笑了一下。

“吃了晚饭后，是几点出去的？”

“应该是八点左右吧……”

“这样说的话，已经过去有两个小时了。”我不由得问道，“是在饭店里吗？太太，你有没有听到什么？”

“我不知道，也许是去别墅那边了……”

听了房东太太的话，我才想起阿关的叔叔有栋别墅在扇谷。

“啊，去别墅了吗？那我现在就去接她回来，太太，你知道别墅在哪里吗？”

“好像，就在附近的长谷海岸……”

“长谷吗？我听说是在扇谷啊……我是说娜奥密有个名叫阿关的朋友，是他叔叔的别墅，我不知道他今晚有没有来……”

听了我的话后，房东太太脸上流露了诧异的神色。

“不是我说的那栋别墅吗？”我说。

“噢……那个……”

“在长谷海岸的那栋别墅，究竟是谁的？”

“……是熊谷少爷亲戚的……”

“熊谷的？”我的脸瞬间变得一片煞白。

从停车场离开沿着长谷大道往左拐，一直走到海滨饭店前的那条马路。马路的尽头就是海边，在海边尽头的边上有一座大久堡先生的别墅，那就是熊谷的亲戚的别墅。这些都是房东太太告诉我的，而这些情况，无论是娜奥密，还是熊谷，都没有对我说过。

“娜奥密是不是经常去那栋别墅？”

“这个……要怎么说呢……”

房东太太眼神飘忽，依然没有逃过我的眼睛。

“今天晚上应该不是第一次了？”

我的呼吸一下子急促起来，声音微微颤抖。房东太太大概被我横眉怒目的样子吓到了，脸色也变得苍白。

“你接着讲，放心，不会给你添麻烦的。昨天晚上怎么回事？也出去了吗？”

“嗯……昨晚好像也出去了……”

“前天晚上呢？”

“呃……”

“也出去了，对吧？”

“嗯。”

“大前天晚上呢？”

“嗯，也出去了。”

“是不是自从我很晚回来，她每晚都这样？”

“这个嘛……我记不清了……”

“她一般多久回来？”

“差不多十一点的时候吧。”

这么说，他们从一开始就在欺骗我！难怪娜奥密要来镰仓！我的大脑如暴风般转动起来，娜奥密近段时间一言一行的记忆以一种不可思议的速度浮现在我的脑海里。一瞬间，他们隐瞒我的鬼蜮伎俩露出了非常清晰的蛛丝马迹。这些诡计一环套一环，复杂缜密程度令人吃惊，像我这样单纯的人，是无论如何也想不到的。我不知道有多少人参与了这项精心策划的阴谋。我像是突然间从平地被狠狠地摔进深深的陷阱里，在井底憎恶地望着娜奥密、熊谷、滨田等无数人从井口哈大笑走过。

“太太，我现在出去一下，马上回来。我担心和她走岔路了，她先回来了，请不要告诉她我回来过。”说完后，我往外跑去。

来到海滨饭店门口，按照房东太太的指示，沿着马路一直往前走，我尽量选择走昏暗的地方。道路两边都是一栋栋别墅，灯火黯淡，夜色弥漫，万籁寂静。我走到一栋别墅门前，拿出表看了一下时间，刚刚过十点。在大久堡的别墅里，究竟只有娜奥密和熊谷两个人呢，还是一大群人在胡闹呢？无论如何，我要亲眼看见才行。若有可能，要悄悄地、不为人知地搜集证据，然后再看他们要如何瞎三话四。我想找到牢不可破的铁证，才能让他们哑口无言，于是加快了步伐。

我很快就找到了大久堡的别墅，在别墅前的大道上来回徘徊，观察着别墅内的情况。石门气派非凡，门内有茂盛繁密的树墙。一条沙路贯穿树墙通往里面的正门。不论是写着“大久堡别墅”的古旧门牌，还是从院子周围长满青苔的石墙来看，与其说是别墅，莫不如说是历经沧桑的宅邸更为合适。熊谷居然有一个能在这里建造一座宅邸的亲戚，着实让我感到吃惊。

我脚踩着沙子路，悄悄地走进去，尽量不发出任何声响。因为树木繁密，从外面无法看清正屋。此时一看，心生奇怪，无论前门便门，还是楼上楼下，所有门窗都是关闭着的，悄无声息，一片漆黑。

奇怪，难道熊谷的房间在后面吗？

我偷偷摸摸地绕到别墅后面，果然发现二楼一个房间和它下面的厨房门口亮着灯。

我一看就知道那是熊谷的房间，因为他那把曼陀林琴就靠着栏杆放着，我见过的那顶托斯卡纳礼帽也挂在房间的柱子上。门虽然大开着，但听不到任何声音，房间里面没有人。

厨房的门也开着，似乎有人刚刚从这里出去了。借助着厨房照在地面上的微弱的光我向前走，发现一个后门在前面四五米远的地方。后门没有门扉，只有两根旧旧的门柱，从门柱之间向外望，汹涌的波涛拍打着由比滨海岸，在夜色中形成一条清晰可见的白色线条，强烈的海腥味迎面扑来。

一定是从这里出去的。

我走出后门来到海岸边，忽然听到远远的地方传来了娜奥密说话的声音。之前也许是因为风向或者别的什么原因，没有听见。

“喂，鞋子里有沙子进去了。谁来帮我把沙子弄出去……阿熊，你来给我脱鞋。”

“我又不是你的奴隶，我不干。”

“你这样说，我就不喜欢你了……啊，还是阿滨最好……谢谢。只有阿滨愿意做，我最喜欢阿滨了。”

“你这坏家伙！不要逮着谁好说话就欺负谁。”

“啊，啊——哈哈哈，阿滨你讨厌，挠我脚心，好痒……”

“我才没有挠你呢，你脚底沾了很多沙子，我在给你掸沙子呢。”

“如果你再舔一舔，就是小爸爸了。”

说这句话的人是阿关，话一刚落立马有四五个男人哄笑了起来。我站立的地方是一个沙丘，沙丘形成了一个斜缓且长的坡，坡的不远处有一个用芦苇搭成的小木屋，说话的声音就是从小木屋里传出来的。我与木屋距离不到十米。我身上还穿着在公司上班时穿的那件褐色西服，我竖起衣领，面前的扣子全部扣紧，遮掩住衬衫，又把草帽藏在腋下，双手着地像是动物爬行般迅速悄无声息地来到了木屋背后。

“好了，我们去那边看看吧。”娜奥密说。

四五个人陆续从木屋走出来。他们并未发现我，径直从小屋走到了海边。滨田、熊谷、关、中村都穿着和服单衣，娜奥密披着黑色斗篷、脚穿高跟鞋走在他们当中。来镰仓时她并没有带斗篷和高跟鞋，想来这应该是借的别人的。海风把斗篷的下摆吹得啪嗒啪嗒的，看上去要翻卷起来。娜奥密双手在里面死死抓住斗篷裹在身上，每走动一下，斗篷内的丰满大屁股就摆动一下。她走路摇摇晃晃如同喝醉酒般，两个肩膀不时撞到旁边的男人，故意左摇右摆向前走着。

我一直屏住呼吸静静地注视着他们，等到与他们大约相距五十米，在夜色中只能看见白色和服单衣在视线里若隐若现时，才站起身偷偷跟在他们身后。我本以为他们会一直沿着海岸走到木材仓库去，没想到他们在半路上突然左拐，越过沙丘往大街方向走去。看到他们身影完全消失在沙丘背后，我以最快的速度跑过去。他们要去的地方是一条昏暗的别墅街，我知道那里松树繁密，是个藏身的好地方，我想靠近一点儿，他们应该不会发现。

欢快的歌声传进了刚刚跑下沙丘的我的耳朵里。他们在离我五六步的地方，打着拍子唱着歌。

Just before the battle, mother

I am thinking most of you...（在战争前夕，妈妈，我最想你……）

这是娜奥密经常唱的歌。熊谷在最前面，如同挥舞着指挥棒的指挥家一样挥舞着手臂。娜奥密还是踉踉跄跄地撞着别人的肩膀向前走。被她撞到的人也如同划船一样歪歪扭扭。

“哟嗬！哟嗬……哟嗬！哟嗬！”

“哎，你干什么啊？不要用力推我，我都快撞在墙上了。”

砰、砰、砰，好像有人在用手杖敲打着墙壁。

“喂，这是霍尼卡、乌瓦、维克……”

“好！这里是夏威夷的草裙舞。大家一边唱一边扭屁股！”

“……亲爱的黑姑娘，快快告诉我……”

“哈哈哈，阿关的屁股扭得最好了。”

“那是肯定的，我花了时间研究过呢。”

“在哪里研究的？”

“上野的和平博物馆。不是有土著人在万国馆跳舞吗？我连续十天都去了。”

“你可真傻。”

“你就应该去万国馆，凭你这长相，别人一准把你当作土著人。”

“喂，阿熊，几点了？”滨田问。似乎就只有他一个人没有喝酒，看起来最正常。

“噢，几点了？有谁戴表了吗？”

“我……我戴着。”中村说，他划亮了一根火柴，“啊，已经十点二十分了。”

“没关系，爸爸不到十一点是不会回来的。我们再去长谷大街转一圈就回家吧。我还想穿着这身衣服去热闹的地方。”

“同意！同意！”阿关大声喊了起来。

“说起来，你这个样子在街上走，像什么呢？”

“怎么看都像个女头目。”

“那我们不就是四窃贼了吗？”

“这样说的话，我就是头目小霸王了。”

“没错，女头目娜奥密……”熊谷用说书人的语调说，“趁着月黑风高，身披黑色斗篷……”

“哈哈哈，别说了！吊儿郎当的。”

“领着四名穷凶极恶的恶徒，从由比滨海岸……”

“阿熊，我让你别说了，你还说……”娜奥密啪的一下扇了熊谷一巴掌。

“啊！疼死我了。我的嗓音就这样。我这辈子最大的遗憾，就是没有去当曲艺演员。”

“但玛丽·碧克馥不是女头目啊？”

“那谁是？普莉希拉·迪恩吗？”

“没错，就是普莉希拉·迪恩。”

“啦、啦、啦……”

滨田又唱起舞曲跳起舞来。我看到他踩到了一个台阶，身体后仰，我便迅速地躲到大树后面。同时，听见了滨田“哎呀”一声。

“是谁？河合先生？”

所有人一下子安静了下去，伫立在原地隔着夜色看着我。当我意识到“不好”时，已经来不及了。

“小爸爸？是小爸爸啊。你躲在哪里干什么？快出来和我们一起玩啊！”

娜奥密突然跑到我面前，打开斗篷，伸出手放在我的肩上。我一看，斗篷里竟什么也没穿。

“你这是在干什么？！丢人现眼！无耻！娼妓！淫妇！”

“哈哈哈……”

娜奥密的笑声中带着一股浓烈的酒味。我从未见过她喝酒。

十六

当天晚上加上第二天，我总共用了两天时间，终于撬开了娜奥密的嘴，得知了这个阴谋的一部分情况。

如我所推测的那样，娜奥密提议来镰仓，就是想和熊谷一起玩。阿关的亲戚在扇谷有栋别墅这些都是谎言，在长谷的大久堡别墅才是熊谷叔叔家的。并且，我租下的那栋花匠的房子，其实是熊谷安排的。那名花匠常常到大久堡别墅去，熊谷就找他去商量，具体怎么说的不知道，反正最后让当时的房客搬走，我们住了进去。不用说，这些都是娜奥密和熊谷策划好的，什么杉崎老师的介绍、东洋石油公司的董事，都是娜奥密用来欺骗我的一面之词。难怪当时她要亲自去办理这些事情。根据花匠老婆所说，娜奥密第一次去看房子的时候，是熊谷“少爷”陪着她一起去的，举手投足间仿佛和“少爷”是一家人，因为事先打过招呼，只好让当时的房客搬走，把房子腾出来让我们住。

“太太，出了一些意外，给你造成的麻烦实在感到抱歉。能否把你所知道的全部事情都告诉我？不管出现怎样的状况，我都不会说出你的名字。我也不会去找熊谷理论，只是想要了解真实的情况。”

第二天，我破天荒向公司请假，把娜奥密严密监管起来，警告她“不许走出房间一步”，把她的衣服、鞋子、钱包等物品拿到主屋去，并且就在那里向房东太太了解情况。

“他们是不是从很早的开始，趁我不在就开始来往了？”

“是这样的。有时是少爷来，有时是小姐出去……”

“住在大久堡别墅的都是些什么人？”

“今年大家都回平时住的地方去了，一般只有熊谷少爷一个人住在那里。”

“熊谷的那些朋友呢？是不是也经常来？”

“嗯，经常来。”

“是熊谷带他们来？还是他们自己来的？”

“这个……”很久之后我才发现，房东太太在说这句话的时候显得十分为难，“有时候是单独一个人来，有时是和熊谷少爷一起来，每次情况都是不一样的……”

“除了熊谷外，还有没有谁是单独一个人来的？”

“有个名叫滨田的先生，还有几个人也单独来过。”

“这种时候，是不是她约出去了？”

“没有，他们一般都在家里聊天。”

这让我感到难以理解。如果娜奥密和熊谷之间有不正当的关系，为什么还会和滨田等人一起来？不是会妨碍他们吗？他们中某一个人单独来与娜奥密聊天，这又是怎么回事？如果他们都喜欢娜奥密，为什么没有引发争风吃醋的风波呢？昨天晚上他们四个还在一起谈笑风生，显然关系十分要好。我琢磨不透，越想越糊涂，最后对娜奥密和熊谷之间是否有暧昧的关系这一点都产生了疑问。

但是，对于这一点，娜奥密矢口否认，强硬地辩称自己并没有别的目的，只是和朋友一起玩耍而已。我问她为什么要用诡计欺骗我？娜奥密说：“因为小爸爸你疑神疑鬼，总是瞎操心。”

“那为什么别墅明明是熊谷，你却说是阿关亲戚的？熊谷和阿关有什么不同？”

娜奥密一时哑口无言，找不到话来反驳。她低下头，狠狠咬着嘴唇，又翻着白眼瞪着我。

“因为你总是怀疑阿熊，所以我觉得说阿关要好一点儿。”

“开口一个阿熊，闭口一个阿熊！他有熊谷这个名字！”我已经忍受不住了，勃然大怒。听到她说“阿熊”，就觉得恶心想吐。

“你是不是和熊谷发生过关系？给我说实话！”

“我没有。你要是觉得有，拿出证据来。”

“就算没有证据，你自己心里也清楚有没有。”

“为什么？我为什么心里清楚？”

娜奥密异乎寻常的冷静，嘴角还浮现出一丝嘲笑。

“昨天晚上那副丑态又是怎么回事？不知廉耻，丑态百出，还敢说自己清白？”

“是他们把我灌醉，硬要我扮成那个样子的——不就是上街走了走吗？”

“好！你坚持自己是清白的喽？”

“是，我是清白的。”

“我要你发誓。”

“我发誓。”

“行！你最好不要忘了这句话！你现在说的话，我一句都不相信。”说完，我不再搭理她。

为了防备她给熊谷写信，我把信纸、信封、墨水、钢笔、邮票等东西都收了起来，与她的行李一起放到了房东太太那里。我只给她穿了一件红绉绸长袍，这样我在去上班的时候她绝对无法出门的。第三天，我装成去上班的样子离开了镰仓。关于要怎样才能找到决定性证据，我在火车上想了很久。最终决定先回一趟已经有一个月没有回去了的大森的家。倘若娜奥密真的和熊谷有暧昧关系，肯定不是从这个夏天才开始的，那么去大森家里翻翻娜奥密的东西，说不定能找到信或者其他之类的东西。

这天我搭乘的火车要比平时晚一班，因此，达到大森的时候已经十点左右了。我走上门廊，拿出钥匙打开门，径直穿过画室，爬上楼阁去检查她的房间。而当我打开门，刚刚踏出一步时，情不自禁地“啊”了一声，身体立在原地，说不出话来。因为滨田正独自一人躺在房间里。

滨田一看见我，脸色立刻变得通红。

“啊……”他说着坐了起来。

我也跟着“啊”了一声，两个人沉默面对面站着，互相对视着，猜测着对方的心理。

“滨田……你为什么会在这里？”

滨田嘴巴动了动，像是要说什么，却最终什么也没说。在我面前低下头来。

“喂，滨田……你什么时候来的？”

“刚刚……就刚刚来的。”他似乎明白无法逃避，回答得十分干脆。

“房子一直是锁上的，你是从哪里进来的？”

“后门。”

“后门也是锁了的。”

“我有钥匙。”滨田的声音低不可闻。

“钥匙？你怎么会有钥匙？”

“是娜奥密给我的——话已经说到了这里，你应该明白我为什么会出现在这里了吧……”

滨田抬起头，眼睛眯起像是怕光般直视着我，目光平静。在这种时候，他的表情有一种勇于担当的贵族公子气质，和平时吊儿郎当的小流氓不一样。

“河合先生，我知道你今天来到这里的原因。是我欺骗了你，我也愿意承担任何惩罚。也许你不会相信，在很早的时候……你还没有发现这件事前，我就打算向你坦白自己的罪行……”

说着，滨田泪水盈眶，眼泪顺着脸颊流了下来。眼前发生的一切，完全超乎了我的预料。我眨着眼睛沉默地看着滨田。哪怕他的话能够相信，我心中也有诸多疑问。

“河合先生，你能否原谅我？”

“但是，滨田，我还没有完全搞清楚。娜奥密给你钥匙，让你到这里来干什么？”

“在这里……今天……和娜奥密约好见面。”

“在这里？”

“是的……今天并不是第一次……以前也有过很多次。”

据滨田所说，我和娜奥密搬到镰仓以后，他在这里和娜奥密总共约会过三次。我去上班后，娜奥密坐比我晚一班或者两班的火车到大森，一般是上午十点左右到，十一点半离开，再晚下午一点也能到镰仓。这样，谁也不会察觉到在这段时间里她回了大森。滨田说今天约好十点和娜奥密见面，我进来的时候，他还以为是娜奥密。

滨田这番坦白让我瞠目结舌，我脑子一片空白，实在感到难以置信，这简直太不像话了。这里有必要说明一下：当时我三十二岁，娜奥密十九岁。一个十九岁的女孩竟然如此胆大妄为，如此阴险的算计、欺骗我。我从来——不——直到现在也没想过娜奥密是一个心机很深的人。

“你和娜奥密是从什么时候开始这种关系的？”

我急切想要知道事情的真相，至于是否原谅滨田，这还在其次。

“很久以前就开始了，那时你还不认识我……”

“我记得第一次和你见面是在去年的秋天。我下班回来时看见你站在花坛边和娜奥密说话，对吧？”

“是的，已有整整一年了。”

“就是从那个时候开始的？”

“不是，还在那之前。去年三月份，我去杉崎老师那里学钢琴，就在那里认识了娜奥密。不久后，也许就三个月过后吧……”

“那个时候你们在什么地方见面？”

“也是这里。娜奥密说她上午哪里也不去，也不用学习，要我过来陪她，她一个人待着太无聊了。最开始就是因为这个目的才来的。”

“这样说，是她叫你来的？”

“是的。当时我并不知道你和娜奥密的关系。娜奥密说你们只是表兄妹，她的老家在乡下，大森是她亲戚家的。当你们第一次去咖啡馆跳舞时，我才明白你们的关系。但为时已晚……”

“娜奥密今年夏天去镰仓，是不是你们计划好的？”

“不，不是我，是熊谷，是他怂恿娜奥密去镰仓的。”滨田语气逐渐加重，说，“河合先生，不光你被骗了，我也被骗了。”

“你是说，娜奥密和熊谷也……”

“对。现在只有熊谷能随心操控娜奥密了。我很早就觉得娜奥密喜欢熊谷。但是，我做梦也想不到，她一边和我保持着关系，另一边也和熊谷有同样的关系。娜奥密总是说她喜欢和男孩子在一起玩耍得无拘无束，不会做出什么出格的事情来。她的话我没有半点怀疑。”

“哎，”我叹了一口气，“她也是这样对我说的，这是她常用的把戏，我也当真了……你是什么时候发现她和熊谷的关系不正常的？”

“不是有天晚上下暴雨，我们在这里挤着一起睡的吗？就是那天晚上发现的……说真的，那天晚上，我很同情你。看到他们两个可耻的行为，怎么样也无法把他们看作一般朋友关系。我十分嫉妒，但越嫉妒，越能体会你的心情。”

“你是从他们的态度推测出来的吗？”

“不是。发生了一件事证实了这一点。那是在快天亮的时候，你还在睡梦中，应该不知道。我没有睡着，隐隐看见他们两个在接吻。”

“娜奥密知道被你看见了吗？”

“知道。因为我找过她谈过话，要她和熊谷断绝来往。我不想被人当猴耍，事情到了这个地步，我就只好娶了她……”

“娶她？”

“是的。我本打算告诉你我和娜奥密恋爱的关系，我想娶她为妻。娜奥密说你善解人意，只要告诉你我们痛苦的心情，你一定能理解，也一定能同意。真实的情况我并不知晓，娜奥密说你收养她是为了把她培养成优秀的人，现在虽然同居在一起，但将来不一定会结婚。并且你们年纪相差太大，婚后生活也不一定幸福……”

“这些话……都是娜奥密说的吗？”

“对，全都是她说的。她向我保证最近就会和你说，让你同意我们的婚事，让我再等上一段时间，还说要和熊谷断绝关系。这一切，全都是谎话。她压根就没有打算和我结婚。”

“那么，娜奥密和熊谷也有这样的约定喽？”

“这个我不清楚。我想应该有的。娜奥密是个性情无常的人，熊谷也不是真心待她，那家伙比我聪明多了。”

让我觉得难以理喻的是，听了滨田的话，一开始对他的憎恶情绪已经没有了，反而生出同病相怜之情，反而对熊谷更加憎恶。我深深感觉到，熊谷才是我们最大的敌人。

“滨田，无论如何，这里也不像是谈话的地方，我们找个地方边吃边聊吧，我还有很多问题要问你。”

我带他去了大森海边的“松浅”餐馆，没在西餐馆是因为说话不方便。

“河合先生，你今天请假了不上班吗？”

滨田的语气比之前冷静了很多，整个人似乎也放松了下来，一路上与我融洽地交谈着。

“嗯，昨天其实也请假了。公司这几天十分繁忙，不去上班感觉不好。但从前天开始心就乱糟糟的，根本没有心情上班……”

“娜奥密小姐知道你今天来大森吗？”

“我昨天在家里待了整整一天，今天对她说要去上班。不过，她精明得很，想必有所察觉，但应该不会想到我回大森了。我到这里是想在她房间里找找情书之类的东西。”

“这样啊，我还以为你是专门过来抓我的呢。若是那样，娜奥密小姐待会就会过来了。”

“放心吧……我把她的衣服和钱包都拿走了。即便我去上班了，她也无法离开一步。何况穿着那样的衣服，怕是连门也不敢出。”

“什么样的衣服？”

“你也知道的，就是那件红色绉绸长袍。”

“啊，是那件啊。”

“就是那一件，连系腰的带子也没有，就像野兽被关进铁笼子里，不会有问题的。”

“但是，要是刚才娜奥密小姐进屋的话会怎样呢？不知道会怎么样收场？”

“娜奥密是什么时候和你约好今天在家里见面的？”

“前天，就是被你发现的那天晚上。娜奥密小姐见我有些小情绪，估计是为了讨好我或者什么，让我后天去大森。其实也有我的错，我应该马上和她分手，或者找熊谷大吵一架。但我太怯弱了，没出息，没办法做到，一直和他们来往。娜奥密虽说骗了我，但说到底，还是我太蠢了。”

我觉得他这番话是针对我的。我们在“松浅”餐馆的单间里面对面坐下时，突然觉得滨田这个人蛮可爱。

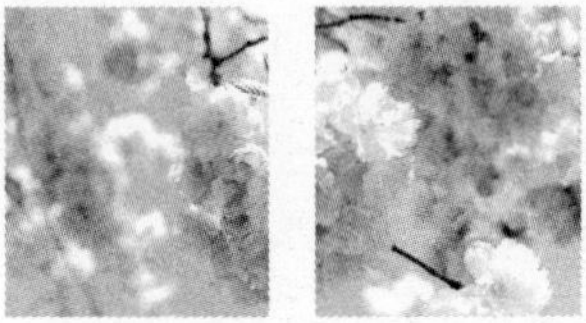

十七

“滨田，来，你说了实话，我感到很高兴，我们来干一杯。”我给他倒满了酒。

“河合先生，这么说，你是原谅我了？”

“说不上原谅不原谅，你被娜奥密蒙骗，不知道我和她的关系，这不算你的过错，我不怪你。”

“谢谢。你能这样说，我就放心了。”

滨田虽然这样说，但他仍然不好意思，低着头，倒满的酒也没有喝，说话缓慢，显得十分拘谨。

“对不起，河合先生，你和娜奥密不是亲戚吗？”沉默了一会儿，滨田像是鼓足勇气问了一句。

“我和她不是亲戚，没有任何血缘关系。我是宇都宫人，她是东京人，她的父母亲现在仍然在东京居住。她很想上学，但因为家庭原因不能去，我见她可怜，便在她十五岁时收养了她。”

“你们已经结婚了吗？”

“嗯，结了。都得到了父母双方的同意，手续也办理齐全。只不过当时她才十六岁，年龄尚小，以‘太太’相称不太合适，何况她自己也不愿意，因此约定好以朋友的身份居住在一起。”

“啊，原来是这样。这就是为什么会产生误会的原因了。娜奥密很年轻，根本不像是结了婚的人，她自己又没有明说，所以我们都被她蒙骗了。”

“虽说娜奥密做得不好，但我也有责任。我一直对社会上普遍的‘夫妻’关系嗤之以鼻，希望夫妻之间要像朋友那样生活在一起，没承想犯了一个大错，以后必须得改过来。现在已经吃够苦头了。”

“能这样做的话，自然是最好的。河合先生，我不是故意去说别人坏话，也不是想避开自己的过错，我只是想提醒你，熊谷不是像他表面看上去的那样好，你一定要小心。我这样说不是和他们有仇。还有关、中村，都不是好人。娜奥密本性并不坏，她只是被他们那帮人带坏的……”

滨田言语诚恳，眼中含着泪水。这个年轻人是如此迷恋娜奥密，感谢和愧疚的情绪袭上心头。倘若我没有告诉他我和娜奥密已经结婚，想必他一定会主动提出让我把娜奥密嫁给他吧。不，或者不仅是这样，哪怕我现在说要与娜奥密分手，他也一定会毫不犹豫地接受娜奥密。

我能肯定这一点是因为从他脸上看到了感人真挚的热情。

“滨田，我会听从你的忠告，我会尽量想办法把这个问题在两三天内解决。如果娜奥密愿意与熊谷分手，那自然最好。她不愿意的话，那么我一天也不想和她待在一起……”

“但是……但是请你不要把娜奥密抛弃。”滨田着急地连忙打断我，“如果你抛弃了她，她肯定会继续堕落下去。她是无辜的……”

“谢谢你，真的很谢谢你！看你如此好心，你都不知道我心中是多么高兴。从娜奥密十五岁开始，我就一直照顾她，也曾遭到过别人的嘲讽，但从未想过要抛弃她。只是娜奥密太顽固，必须想个办法让她和那群人断绝来往。”

“请恕我直言，娜奥密小姐性格要强，为了一些小事与她大吵一架，事情就不好收场了，所以，还恳请你把事情处理好。”

我向滨田一次又一次地道谢，如果我们年龄、地位相仿，我们应该会成为亲密的伙伴，我或许会拉着他的手，拥抱着他痛哭一场。那个时候我的心情的确是这样的。

“滨田，你以后一个人也可以来玩，用不着客气。”吃完饭分别时，我对他说。

滨田张皇失措低下头，似是不让我看见他的脸。

“谢谢。还是等过一段时间再来吧。”

“为什么？”

“我想……等我忘记娜奥密的时候……”说完，他忍住眼泪，戴上帽子，说了句“再见”就离开“松浅”餐馆往品川方向去了。

之后我去公司上班，自然是没有心情工作。脑中总是在想娜奥密，想她现在怎么样了？她只穿了一件睡袍，应该没有胆子跑出去吧。虽然这样想着，但总是心神不宁。因为发生了太多意外，我一次又一次地受到蒙骗，随着真相水落石出，我的神经也变得异乎敏感，甚至到达了病态的地步，我总是不自觉地想象各种各样的情况。娜奥密在我眼中俨然成了拥有无所不能、变幻无穷的魔力的人，是我的智慧远远无法追上的。我坐立不安、心乱如麻，总是担心她又做出了什么我不知道的事情。也许我不在她身边又发生了什么意外。我敷衍地做完工作，急急忙忙赶回镰仓。

“啊，我回来了。”看见了门口的房东太太，我说，“她在家里吧？”

“嗯，好像在。”

我放松下来，问：“有没有人来过？”

“没有，一个人也没有来。”

“怎么样？有什么情况？”

我朝着我住的房子努努嘴，又对房东太太使了一个眼色。这个时候我才发现娜奥密待的房子门窗紧闭，里面一片昏暗，毫无声息，好像没有人在……

“呃……怎么回事……她今天一天都待在屋里没有出来吗……”

哼，终于还是在家里待了一天。不过，也太安静了一点儿，她现在是什么样子呢？我怀揣着不安的心走上门廊，打开门。此时正是傍晚六点，只见娜奥密衣不遮体地躺在太阳照不到的地方睡觉。或许是因为怕蚊子叮咬，她把我的雨衣拿来裹在腰上，睡觉时身体翻来覆去，只有腹部那一部分地方被盖住了，红色袍子里露出了白嫩的手脚，像是在开水中煮过的白菜的圆茎一样。这种诱惑力我难以抵挡。我沉默不语打开电灯，换上和服，拉开壁柜的时候故意很用力，声音很大。也不知道娜奥密有没有听到，只是依然能听见她熟睡时的安稳均匀的呼吸声。

我在桌子边坐下，装作写信的样子，如此过了三十分钟，我再也耐不住，对她说："喂，赶快起来，已经晚上了……"

我连续地喊了两三次后，她才回应了一声"嗯"，声音中还带着浓浓的睡意。

"喂，快起来！"

她依旧是"嗯"地应了一声，却没有半点要起来的动静。

"喂，赶紧的，听见没有？！"我站起身来，用脚使劲地摇她的腰。

"啊……啊。"

娜奥密先是直直地伸出白嫩的胳膊，用力地握住小小的红拳头往前捅，打了一个哈欠，不慌不忙地坐起身，偷偷看了我一眼，又立刻转向一边，开始用手挠脚背、小腿、后背等被蚊子咬过的地方。不知道是睡多了还是哭过的原因，她的眼睛发红如同秋天的枫叶，头发蓬乱地披在肩上，活脱脱像一个怪物。

"快把衣服换上，这样子像什么！"

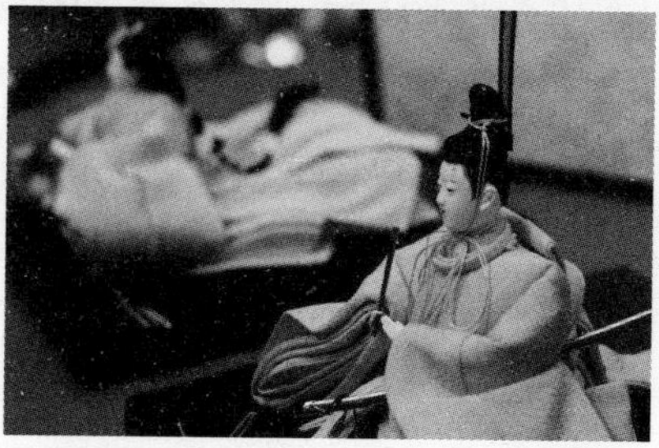

我去主屋把装着衣物的包裹拿来，扔在她面前。她冷漠不语，面无表情地换了衣服。吃晚饭的时候，两个人都没有开口说话。

在如此压抑的氛围里我们互相看着对方，都沉默着。我心里一刻也未曾停下过思考，究竟怎样才能让她坦白，让这个固执的女人服软认错。我始终记得滨田对我的忠告：娜奥密性格要强，为了一些小事与她争吵，就得不偿失了。滨田对我说出这样的忠告，大概他自身体验过。我自己也体验过。所以，最重要的一点是不能惹怒娜奥密，说话要婉转，要有技巧，不能让她发脾气，更不能吵起来，也不能让她觉得我很好说话。所以，像法官那样用严厉的语气去询问她是最不可取的。要是我开门见山逼问她：你和熊谷是不是做了那种事？和滨田也同样做了吧？她绝对不会承认的，铁定不会松口，顽强抵抗，肯定会说什么都不知道。她这样的态度也会让我大为恼火，事情发展到那种地步正是我不想看见的。直接去逼问她，让她老实交代是不可能的了。倒不如把今天发生的事情告诉她，无论她怎样狡辩也不能说与自己无关了。好，就这样办。

“今天早上十点我回大森时，遇到了滨田。”我试探着说了一句话。

“嗯。”听到了我的话，娜奥密像是吃了一惊，躲避我的目光，鼻子里轻哼一声。

“我和他聊了一会儿，然后就去‘松浅’餐馆吃了一顿饭。”

娜奥密对此毫无反应。我一边留意着她的表情，一边语气诚挚地说，尽量不用难听的语言。娜奥密一直低着头听着，毫不在乎的样子，脸色有些发青。

“滨田已经把全部的事实都告诉我了，我也不需要再从你口中知道些什么了。你也不用绷着脸硬撑着了，做错了事情，就要勇于承认就好了……这件事你是做错了对吧？要承认错误吗？”

娜奥密仍然不说话，我担心会出现我最不愿意看到的逼问的场面，耐着性子，尽量用柔和的语气说：“只要你肯承认错误，我就原谅你。也不需要你跪下来道歉。只要你发誓以后都不会再犯这种错误就可以了。明白了吗？你认错，可以吗？”

“嗯。”娜奥密终于轻轻点了点头，应了一声。

“既然你认错了，那以后都不要和熊谷他们来往了，知道了吗？”

“嗯。”

“一言为定？”

“嗯。”

这几个“嗯”让我们以柔和的方式和好了。

十八

那天晚上，我和娜奥密亲密玩闹，两人之间像是没有发生任何事情。但是，我的心里却有了一道坎——娜奥密已经不再是冰清玉洁的女人了，并且，我当作宝贝的娜奥密价值也降低了一半了。缘由就是她一半的价值是我亲自抚育、培养成才，只能是我一个人熟悉她身体的每个部位。换个方式说，对于娜奥密而言，她就像我亲手栽种的果实。为了把果实培育成熟，我呕心沥血、费尽心力，理所应当该由我这个栽培者品尝这果实的甜美，其他人都没有这个权利。但是，这颗肥美的果实早已被人啃食，身体已经不干净，是怎么赔礼道歉都无法挽回的。两个可恶的窃贼在她的贞操上永远留下了肮脏的脚印。我越想越气愤，并不是怪罪娜奥密，而是对这件事恨之入骨。

“让治，原谅我的……”

娜奥密看见我无声地流泪，不再是白天强硬的态度，而是充满歉意地对我说。我点点头，泪水在脸上流淌。无论说多少次“原谅你”，也无法抹除心头难受的情绪。

在镰仓度过的这个不愉快的夏天就这样过去了，我们重新回到了大森的家里。但是我心里仍然过不了这个坎，会在一些场合不自觉地把情绪表露出来。我们的关系已经很难回到之前水乳交融的状态了。表面上我原谅了娜奥密，但是心底并没有真正饶恕她。在上班的时候会想着她和熊谷之间是否藕断丝连，不在家时常会想她去了哪里，每天早上出门后我都会悄悄绕到后门，看一看是否有人会来。或者碰上她去学英语、音乐的时候跟在她的身后，甚至还偷看她的信件。我的心态慢慢变成了和秘密侦探一样疑神疑鬼。娜奥密似乎察觉到了我的举动，虽然没有说出来，但背地里却在嘲讽我的做法，脸上时常露出莫名其妙的表情。

“喂，娜奥密。”有一天晚上，我冷着脸摇晃着正在装睡的娜奥密，“你这是什么意思……装睡吗？你就这么讨厌我？”

“我没有装睡，我只是想睡觉才闭着眼睛。”

“那你赶快把眼睛睁开，我和你说话你把眼睛闭着怎么能行？”

娜奥密微微睁开眼睛，一丝目光从她眼睫毛的阴影里透射出来，让她的表情看上去十分淡漠。

“喂，你很讨厌我对吧？你要是讨厌我，就直接说出来……”我说。

“为什么突然问这个？”

“这几天我们虽然没有吵架，但我从你的态度看得出来，你在心里玩弄心机，这样子还算夫妻吗？”

“我没有玩弄心机，你自己才是吧。”

“我们都一样。你现在的态度让我放不下心来，所以我才会怀疑你……”

娜奥密用鼻子冷哼一声打断了我的话：“那我倒要问问你，我的态度哪里让你怀疑了？你拿出证据来啊。”

“虽然没有证据，但是……”

“没有证据就随便怀疑别人，你这样做是不对的。不相信我，也不给我作为妻子的自由和权利，却要求我和你像夫妻般生活，这我办不到。让治，你做的事别以为我都不知道？你偷看信件，像侦探一样跟踪我……这些我都知道得一清二楚。”

“这些事我的确做得不妥当，但之前发生的那些事，导致我神经有些过敏，你如果不体谅这一点，我也不好办。”

“那你要我怎么做？我们不是说好了忘记过去的事情吗？”

“我希望你坦诚相待，真心实意地爱我，我就不会这样了。”

“但是，你首先要相信我……”

“我相信你，以后都相信你。”

在此我不得不承认男人可悲的一点。白天还好，到了晚上，她的诱惑总是能俘获我，说准确一点儿，是她征服了我旺盛的兽性。我心里并不相信她，但我的兽性盲目地臣服于她，不管不顾抛开一切条件

向她妥协。娜奥密在我心中已经不是珍贵的宝贝和圣洁的偶像，她是一个妓女。恋人之间的清纯早已经没有了，夫妻之间如胶似漆的爱情也没有了，所有的一切都如过眼云烟消失不见了。那我为什么还迷恋着这个淫荡下作的女人呢？因为我沉迷于她的肉体无法自拔。娜奥密在此堕落，我也在此堕落。我完完全全抛弃了作为一个男人应有的节操、纯情、真心和往日的自尊，跪倒在了一个妓女面前，不仅没有感到耻辱，还把她当作女神来膜拜。

娜奥密深知我这个弱点。她知道自己的肉体对男人有着多么强大的诱惑力，任何男人只要一到晚上，她都能征服。意识到这一点后的娜奥密白天态度冷漠至极，把自己的“姿色”卖给眼前这个男人，除此以外，她对这个男人毫无兴趣，也不讲什么缘分，如同一个陌生人般板着脸，态度冷淡。我偶尔与她说话，她却不常搭理，迫不得已时才会回答一句“是”或者“不是”。我把她的这种态度视为消极抵抗的心理和对我的极度蔑视。每当我站在她面前，她那双瞪大的眼睛仿佛在说：“让治，无论我对你的态度是怎样的，你都没有生气的权利，因为你不是已经从我身上得到你想要的一切了吗？你不是对此已经感到心满意足了吗？”并且她的双眼常常流露出“哼！可恨的家伙，像猪狗一样下贱”的情绪，对此我毫无办法，只好忍着。

但是这种状态是不可能长久保持下去的。我们两个都在暗自猜测对方的心理，钩心斗角，时刻准备好了某天爆发的准备。一天晚上，我故意用无比温柔的语气对她说：“娜奥密，我们不要再这样耍性子了，我不知道你是怎样想的，但这种毫无温度的生活我实在没办法忍受下去了……”

“那你打算怎么办？”

“让我们像真正的夫妻那样生活吧。你我都不要意气用事，努力寻找过去丢失的幸福。”

“努力和感情是两码事，感情不是说恢复就能恢复的。”

“也许你说得没错，但我不认为我们没有办法获得幸福，只要你同意就行……”

“有什么办法？”

“生孩子，你做母亲。只要有一个孩子，我们就成为真正的夫妻了，就能得到幸福。你愿意吗？”

“不，我不愿意。”娜奥密十分干脆地拒绝说，“你以前不是说过不让我生孩子，要让我永远像小女孩那样年轻蓬勃有朝气，还说夫妻之间最可怕的事情就是生孩子……”

“我过去是这样想的，但是……”

“这样说，你打算不像过去那样爱我了吗？你说过即便我变得又老又丑你都不在乎，原来你根本不爱我。”

“不是那样的。以前是像朋友那样爱你，往后要把你当作真正的妻子来爱你……”

“你以为这样就能找回往日的幸福？”

“也许和往日会有差别，但是，真正的幸福……”

“不，不，我不要。”我的话没有说完，娜奥密就摇头打断了我的话，“我只想要过去那样的幸福，如果不是那样的，我宁可不要。到你这儿来就是说好这个条件的。”

十九

要是娜奥密无论如何也不肯生孩子，那我还有另一个办法，就是搬出大森这栋“童话之家”，找一栋普通的房子过普通的正常的家庭生活。之所以住进这栋造型独特、实用性不大的房子，是因为我向往“纯朴生活”。但是，也因为这栋房子，我们才过上了陋俗的生活。年轻夫妻住在这样的房子里，又没有女佣，双方任性妄为，“纯朴生活”变得不再纯朴，而是变得放荡不羁，这也是必然会发生的事。所以，我决定雇佣一名女佣和一名厨师，这样我不在家时他们也可以监视娜奥密的行动。这样就必须搬家到能住下夫妻和两名女佣的房子里去，是那种适合中流阶层绅士居住的纯日本式住宅，而不是现在这种所谓的“文化住宅”。把之前用的西式家具全部卖掉，换成日式家具，再给娜奥密买一台钢琴，这样就可以请杉崎老师上门教她音乐，英语也可以请哈里逊小姐上门来教，尽可能地减少娜奥密外出的机会。要实现这些计划需要相当大的一笔钱，我把此事告知家人，一个人四处寻找房子，估算购买家具的费用，在此之前，暂时不打算告诉娜奥密这个决定。

家里人给我寄来了一千五百日元的支票，说是先寄来这些。我还拜托家里人帮忙寻找女佣，母亲在寄来支票的信中说："有一个人十分合适，以前在家里做事的仙太郎有一个女儿，名叫阿花，今年才十五岁。她的脾气你也是了解的，尽管放心使唤。做饭的也正在寻找，待你找到住处后，便让她们过去。"

娜奥密大概隐隐察觉到我背地里在做些什么，态度镇定且十分不屑，想看看我在搞什么花样。在收到母亲信的两天后的一个晚上，娜奥密以娇嗔的口气突然对我说："让治，我想要一套洋装，你能给我做一套洋装吗？"

"洋装？"我愣了一下，眼睛直直地盯着她的脸。接着茅塞顿开，哈哈，这家伙知道有钱来了，故意在试探我。

"不可以吗？不做洋装，那做和服也行啊。总得给我准备冬天出门穿的衣服啊。"

"目前我不准备给你买这种东西。"

"为什么？"

"你还有很多衣服不是吗？"

"那些都穿腻了，我想要新的。"

“我绝对不允许钱这样挥霍了。”

“哦，这笔钱那你想怎么用？”

狐狸尾巴终于露出来了！我假装不知道这事，说：“钱？什么钱？”

“让治，我看到了你放在书箱下面那封挂号信了。你能随便看别人的信，我想我这样做也没关系吧……”

她的话完全超出了我的意料，我原本以为娜奥密看到我收到挂号信，便猜测是家里人寄来支票，所以才会来试探我，没想到她居然找到了我藏在书箱下面的那封信，偷看了上面的内容。她一定是为了想知道我背地里在搞什么，才会在屋子里面到处翻找。她看了那封信，那么她一定知道了支票金额，还有搬家和找女佣的事。

“有那么多钱，给我做一件衣服是绰绰有余的吧……还记得以前你跟我说过，‘为了你，哪怕是住狭小的房子，过节俭的生活也在所不惜，还要拿出钱来让你随意挥霍’。难道这些话你都已经忘记了吗？你变得和以前根本不是同一个人了？”

“只是爱你的方式变了，我的心并没有变。”

“那为什么不告诉我要搬家的事情？偷偷瞒着我，是不是不想和我商量，就强迫我按照你的命令去做？”

“我是打算找到合适的房子之后，再与你商量的……”我语气温和，安慰着她说，“说句实在话，娜奥密，我现在也想让你尽情享受，不仅仅是在衣着上，还要住进宽敞明亮的房子里，整体提高你的生活水平，让你真正成为一个时髦太太，你还有什么不满意的呢？”

“是这样吗？那我就谢谢你了。”

“那我们明天一起去找房子怎么样？只要能找到你看得上并且房间比现在多的，在什么地方都行。”

“好，那我要住西洋式的房子，日本式的我住不惯。”我顿时说不出话来，她脸上露出幸灾乐祸的表情，凶恶地说，“女佣我就托浅草的家里人帮忙寻找，你可以把那个乡巴佬拒绝掉了，因为是我使唤女佣嘛。”

类似的争吵一次又一次地发生，我们之间的关系变得越来越紧张，两个人常常一整天互不搭理对方。从镰仓回来的两个月后，也就是十一月初，我终于掌握了娜奥密还在和熊谷来往的证据，战争一触即发。

关于发现的过程，我就不打算在这里详细地叙述了。当时我为搬家做着各种准备，察觉到娜奥密形迹可疑，就一点儿也没有放松对她的监视。果然，有一天在大森附近的曙楼里，娜奥密和熊谷竟然胆大妄为地幽会，他们从曙楼出来的时候被我发现了。

那天早上，娜奥密的妆比平时化得更加浓艳，这引起了我的疑心，我说出门上班，却悄悄地躲到后门储藏室的炭包后面。（正是这个缘故，那时我常常请假不去上班。）果然，今天不是出门学习的日子，她却打扮得花枝招展出门了。去的也不是车站，而是往车站相反的方向急匆匆地走去。待她走出十多米后，我连忙回到家里，翻出了学生

时期穿过的披风和帽子，直接披在西服上，光脚穿着木屐就追了上去。我看见她走进了曙楼，十多分钟后，熊谷也走了进去。我在外面准备等他们出来。

他们出来的时候是分开出来的，娜奥密先出来，熊谷还待在曙楼里。娜奥密出来的时候大约十一点的样子——我在曙楼附近徘徊了有近一个半小时。和去的时候一样，回来时娜奥密一刻也未停留走完了这段一公里左右回家的路。我加快脚步，紧紧跟在她身后，看见她打开后门走了进去，还不到五分钟，我也走了进去。

进屋的一瞬间我就看到了娜奥密直直看着我的眼睛，她的眼神中充满了凄惨，她像一根木棍一样立在原地，恶狠狠地瞪着我。之前我变装时脱下的帽子、外套和袜子凌乱地堆在她的脚边。娜奥密大概一切都想明白了。在这个万里无云、秋高气爽的上午，她的脸上攀爬着从窗户照射进来的阳光。她的脸色一点一点变得惨白，有一种不顾一切的镇静的表情。

“滚出去！”

震耳欲聋的怒吼声在房间里回荡。我没有再说第二句，娜奥密也没有说话。我们两个如同仇人般怒目而视，时刻准备着向对方发动攻击。在这一瞬间，我不得不承认，娜奥密的确有闭月羞花之姿，终于体会到了“男人越加憎恨、女人的脸蛋就越加漂亮”这句话的感觉了。此时我十分理解唐·何顿杀死卡门的心情了，他必须杀死她，因为他越恨她，就越觉得她十分漂亮。娜奥密紧盯着我，脸上的表情一丝也没有变化，紧闭着的双唇毫无血色，如同一具邪恶的化身——啊，这副神情把淫妇的下作姿态展现得巨细无遗。

“滚出去！”

我再次吼道，不知道是因为愤怒、恐惧还是因为她的美貌，抓住她的肩膀，用力把她往门口推。

“滚！听见没有，我让你滚，滚！”

“原谅我，让治，请你原谅我。”

娜奥密突然变了一个表情，声音凄惨地哀求着，她眼含热泪，瘫倒在地上，仰视着我的脸，苦兮兮地央求着我：“让治，是我的错，原谅我……求你原谅我……”

我没想到她突然跪下求饶，我大吃一惊，这让我更加愤怒，我握紧拳头，拳头如雨点般落在她的身上。

“畜生！狗！白眼狼！我和你没有关系了，让你滚出去，为什么还不滚？！”

娜奥密意识到这招对我没用，她立马站了起来，态度大变，用平时不屑的说话语气说：“好，我走。”

“马上给我滚！”

“好，我马上就走——我去二楼拿替换的衣服都不行吗？”

“你现在马上给我滚！滚出去后再叫人回来取，让他把你的行李都拿回去。”

“但是，有好多东西现在就要用，不拿不行。”

“随便你，给我快一点儿！”

我把娜奥密说拿行李当作是对我的一种威胁，态度冷硬地对她说了这句话，她上了二楼，在房间里噼里啪啦翻了个遍，又是篮子，又是包袱，东西多得她背不了，最后她叫车把行李装了进去。

她走的时候，语气冷漠地说了一句：“那么再见了，抱歉这么长时间给你添麻烦了。”

二十

载着她的车子刚一走，不知为何，我突然拿出怀表看了下时间。中午十二点三十六分。啊，她从曙楼出来时是十一点，大吵一架后，事情急转直下，刚刚还站在我面前的娜奥密已经离开了。所有的事情都在一小时三十六分钟内发生的……大抵人们都有这样一种习惯，自己照顾的病人在临终时，或者发生大地震的时候都会习惯性地看一下表。我大抵也是出于同样的心情才会掏出手表看时间吧。大正某年十一月某日中午十二点三十六分——这一刻我和娜奥密分手了，我和她的关系到此结束……

终于放下了一个包袱！我松了一口气！

这段时间的钩心斗角把我搞得疲惫不堪，我一下子瘫坐在椅子上发呆。在这一瞬间心里感到十分畅快。啊，我终于解脱了。我精神和身体上都十分疲惫。因为身体上的强烈需求，我打算好好休息一下。如果娜奥密是烈酒，虽然我知道过量饮酒伤害身体，但是闻着那诱人芳香的味道，看着杯中的美酒，还是会忍不住端起来把它全部喝进肚子里。那醉人的酒精随着血液流经身体各个部位，整个人都变得疲倦无力、无精打采，后脑变得如铅块般沉重，突然站起来感觉整个世界都在旋转，仿佛要向后跌倒。平常总是像醉酒不醒般胃口不好，记忆力衰减，对任何事都提不起兴趣，如同一个病人般困倦萎靡。脑海里也总是会浮现出娜奥密的幻影，像是经常打嗝一般能让人感觉到恶心，她的体臭、汗味、胭脂味始终缭绕在我鼻子周围，刺激着我的鼻子。而现在，娜奥密离开了，我的心情就如同梅雨时节突然晴朗的天空一般，豁然开朗。

上面所说的感觉只有一瞬间，说真的，这种快感持续了约一个小时。我的身体再强壮，也不可能在一个小时内完全缓解身体的疲惫。当我坐瘫坐在椅子上休息时，娜奥密与我吵架时的美丽面孔又出现在我的眼前。那是“男人越发痛恨女人越发美丽”的一瞬间的容颜。这副哪怕杀千百万次也难解我心头之恨的妓女嘴脸，却深深烙印在我的脑海里，永远无法抹除。让人奇怪的是，随着时间的流逝，那张脸庞在我的脑海里越来越清晰，好似此时此刻她就在我的面前一动不动地凝视着我，并且她那张淫妇嘴脸逐渐变得娇艳美丽。仔细回想，我从未在她的脸上看见过如此妖媚的表情。不用说，这肯定是“邪恶的化身”，是她肉体与灵魂在具备全部的美时所表现出来的终极形态。之前与她吵架时，她无与伦比的美丽不知不觉把我打动，让我在心底情不自禁发出“啊！多么美丽！”的感慨，自己当时为什么没有跪拜在她的脚下呢？平时那么唯唯诺诺、怯弱胆小的我哪怕再气愤，怎么就敢对着女神破口大骂和挥舞拳头呢？这鲁莽的勇气是从哪里来的——直到现在我也摸不着头脑，以至于慢慢对鲁莽和勇气产生了不可磨灭的仇恨。

“你真是一个白痴，干了一件世间最愚蠢的事。人家只是一丝一毫行为不正，难道能与她的容貌相提并论吗？你再也找不到像她那样的绝代佳人了。”

我幻觉般听见有人在我耳边训斥我。啊，没错，我干了一件愚不可及的蠢事。平时小心翼翼待她，就怕惹恼她，没想到最后会是这个结局。我想，我肯定是中魔了才会这样。

为什么一个小时之前还把娜奥密视为沉重的包袱，诅咒她，现在反而自我责备，为自己草率的决定而感到后悔呢？为什么那样让人极度憎恨的女人我却如此眷恋沉迷呢？我自己也无法解释这陡然变化的心理，恐怕只有爱神才能破解。我不知不觉从椅子上站起身，在屋里来回绕圈，脑海里始终思考着要如何摆脱对她的相思之苦。但是，无论我怎样思考，都找不到任何行之有效的办法。所想之处尽是她的绰约风姿。五年来一起生活的场景如电影画面般不停在我眼前闪现。啊，当时她是那样说的，眼神是那样的。这些场景每一处都令我难以忘怀。让我印象最深刻的是她十五岁还是个小姑娘的时候，每天晚上我把她放在西式浴缸里给她洗澡的情景。还有我给她当马让她趴在我背上，在她嘴里喊着“驾、驾、吁、吁”的声音中满屋子爬来爬去。这些粗野的事情我怎么就念念不忘呢？实在是无聊透顶。但是，如果她能回来，我要做的第一件事就是再次玩一玩这个游戏，重新驮着她，在整个屋子里爬来爬去。如果能这样，那我不知道会有多开心。我如此幻想着，仿若这就是举世无双的幸福。不，这不仅仅是幻想，因为对她的思念太过浓厚，我不由自主趴在地上，在屋子里爬来爬去，幻想她就趴在我的身上。我走上二楼——把这些事情写下来，真是感到不好意思——把她的几件旧衣服找出来放在背上，又把她的布袜子套在手上，在地上爬了爬。

从最开始阅读这个故事的读者想必还记得我有一本名叫《娜奥密成长记录》的日记，里面翔实地记录了我在给她洗澡时，她身体发育的全部过程。可以说，这是一本专门记录娜奥密怎样从少女成长为成人的成长日记本。我想起了在那本日记本里我贴满了当时我给娜奥密拍的各种各样表情和姿势的照片，我从书箱底下找出那本早已落满灰尘的日记本，一页一页缓慢地翻看着，我沉浸在往昔美好的时光中。这些照片除了我之外绝对不能给第二人看，所以显影、冲印都是我自己完成的。因为冲洗得不够好，照片上面有一些雀斑似的斑点，犹如打上了岁月的印记，像一幅古画般变得模糊。反而让我更加怀念，仿佛在回忆十年、二十年前的旧事，重温幼年时期遥不可及的梦境。娜奥密当时喜欢的各种各样的衣着款式在照片中一一反映出来，有的样

式新颖，有的简单明快，有的奢华高贵，有的搞笑滑稽，还有她女扮男装时身穿天鹅绒西服的照片。翻到下一页，是她如雕塑般亭亭玉立身披薄棉纱的照片。再翻到下一页，她穿着闪亮耀眼的缎子外褂和缎子和服，窄幅的腰带在胸前束得高高的，衬衣的衬领是绦带做的。还有很多各种各样的表情动作和模仿女演员举止神态时的照片——玛丽·碧克馥的微笑、葛洛丽娅·斯旺森的眼神、波拉·尼格丽亢奋的表情、贝比·丹尼尔斯矫揉造作的怪异姿势，有的愤怒，有的妩媚，有的惊恐，有的迷糊。我一张张地翻看这些照片，她的神态与姿势无一相同，她在这方面有着无与伦比的敏感、天赋和灵性。

啊，简直糟糕到不能再糟糕了，我竟然放走了这么一个绝佳的尤物！

我发疯般捶胸顿足，呼天抢地，懊恼不已。我继续翻看着日记，里面还有许多照片，并且随着我拍摄技巧的提高，渐渐变得细致入微，把她身体各个部分运用特写的手法拍摄了出来，鼻子、眼睛、嘴唇和手指的形状，手臂、肩膀、后背、腿部优美的曲线，还有手腕、脚腕臂肘、膝盖、脚掌等。娜奥密就如同一尊希腊雕像或者奈良的佛像。娜奥密的身体就是一件珍贵的艺术品，在我的眼中，她比奈良的佛像更美丽，如果久久凝视着她，心中还会涌现出教徒般虔诚的感动。啊，我拍下这些异常美丽的照片究竟是为了什么呢？难道我早早就预料到这将会成为我悲哀的纪念吗？

我越来越思念娜奥密。外面天色已黑，零星几点的星星在窗外孤寂地闪烁，一股寒意在身上蔓延开。从上午十一点到现在，我一直待在这间屋子里，在楼上楼下跑来跑去，神不守舍、心神不定。既未生火，也没有吃饭，连电灯也不想打开。我一边痛骂自己“白痴”，一边用力敲打自己的脑袋，对着仿若坟墓般寂静的画室墙壁不停地喊着“娜奥密、娜奥密”，最后一边喊着一边用额头摩擦着地面。无论如何，不管发生什么事情，我都要让娜奥密重新回来。我绝对无条件地跪拜在她的脚边，无论她说什么、做什么我都一一服从，绝不反抗……但是，此时此刻她又在做什么呢？拿了那么多的行李，一定是从东京车站坐出租车回娘家了吧。算算时间，她应该在五六个小时前就回到家里了。她会向家里人说出被赶出来的真正原因吗？还是像以前那样好面子，谎称只是暂时出来以此来欺骗她的哥哥姐姐？她十分不愿被人提起她出身于这个从事卑贱工作的家庭里，把家里人看作蒙昧无知的土包子。这样不和睦的家庭里会商量出怎样的结果呢？会采取怎样的措施呢？哥哥姐姐会让娜奥密回来道歉，但脾气倔强的娜奥密一定不愿意：“我誓死不会回去道歉，谁来帮忙拿一下行李啊。”一脸不在乎，甚至脸上还笑意盎然，抑或是口若悬河，喋喋不休，偶尔夹杂几句英语，把时尚洋气的衣服拿出来大肆炫耀，如同贵族小姐来到了贫民窟般不可一世，得意扬扬……

但是，无论娜奥密怎么说，又说了什么，这毕竟是一件不小的事情。按理说应该很快就会有人来……如果她本人坚持“不道歉”，那么她的哥哥姐姐应该也会替她来……难不成对娜奥密的事她的家里人都漠然置之吗？就像是娜奥密对她的家里人的冷漠态度一样，她的家里人也对她不负任何责任。如同当初她母亲那句“那孩子今后就交给你了”，一个十五岁的孩子交给我之后，就完全不管不顾，仿若这个孩子不存在一般。她走的时候我曾对她说：“回去之后叫人来取，让他把你的行李都拿回去。”但是，直到现在也没有任何人过来。娜奥密虽然把换洗的衣服和生活常用品都带走了，但这里还有几件对她而言是“第二生命”的华美盛装。我知道，她一定不会每天老老实实待在那个狭窄幽暗的千束町的家里，大抵每天会穿着鲜艳亮丽的衣服大摇大摆招摇过市，接受邻居们羡慕的目光。如果真的是这样，那么这些衣服是她必需的，没有这些衣服，她肯定无论如何也忍受不了……

那天我晚上我等了很久，娜奥密的家里人始终没有来。直到周围一片漆黑，我没有开灯，害怕来的人以为我没有在家，连忙把屋内所有的灯都打开，还特意跑到门口检查门牌是否完好，接着搬了一把椅子坐在门口，我坐在门口好几个小时，耳朵仔细倾听每一个路过门外的脚步声。八点、九点、十点、十一点……时间一点一滴过去，从上午到现在，已有整整一天，却没有任何消息。我如坠落深渊陷入深深的绝望之中，各种各样奇奇怪怪的猜想不由自主地浮现在脑海里。娜奥密没有叫家里人来拿行李，或许认为这不是一件重要的事，兴许过个两三天便能解决，不算什么。也许她会想“没关系的，他十分痴迷我，没有我，他一天也忍受不了，一定会来接我的”。而且，想必她自己心里也明白，她已经习惯了奢侈富贵的生活，在贫穷的家里肯定无法生活。哪怕她依附别的男人，也不可能得到在我这里能得到的待遇，不可能让她恣意妄为、肆无忌惮。别看她嘴上说得多么强硬，心里或许巴不得让我早点去接她。明天早上她的姐姐或者哥哥也许就会来斡旋，晚上可能做生意太忙，只有早上才有时间过来。无论怎样，没有人来心中反而留存一丝希望。假若明天仍然没有人来，我也就顾不上面子，直接去接她。事情发展到这一步本来就是因为我顾及脸面。无论她家里人怎么笑话我，她看穿我的心思也罢，我都会亲自登门谢罪，再求她的哥哥姐姐替我说上一两句好话，无数遍地表明“请求你回去”的态度。这样，她也许会觉得很有面子，趾高气扬地回来吧。

这个晚上我几乎未曾睡觉，在第二天下午六点钟左右我见还没有消息，便再也按捺不住，火急火燎地赶到浅草。我现在就要见到她，立刻！马上！即便只是一面，我也能放下心来——我现在的心情用“迫不及待”来形容再贴切不过了。我心中所想只有“见她一面”，此外别无所想。

娘家在千束町花园后面弯曲复杂的胡同里，我到达时已快七点。

我终究还是感到有些不好意思，手轻轻拉开格子门，站在正屋面前小声说：“十分抱歉，我是从大森来的，请问娜奥密在家吗？”

“哎呀，是河合先生。”姐姐听见了我的声音，从隔壁露出头来，显得很诧异，“娜奥密吗？她没有回来啊。”

“这就奇怪了。她应该在的啊，昨天晚上她走的时候说是要回到这儿来的……”

二十一

最开始我怀疑是娜奥密故意让她这样说的，求着她说了很多好话。不过到最后，似乎娜奥密真的没有回来。

“怪了……她一个人拿着那么多行李，除了这里她还能去哪里呢……”

“还拿着行李？”

“篮子、包袱、挎包什么的，有不少呢。其实，昨天晚上只是为了一些小事吵了几句……”

“她说要回这里了吗？”

“她没有说，是我这样对她说的。我说让她马上回浅草，让人来拿她的行李。我想你们某人来，也就能把事情说清楚了。”

“啊，的确是……不过，她真的没有回来。如果真的像你说的那样，说不定她随后就回来了。”

“如果这件事是昨天发生的，还真的不好说。”我和娜奥密的姐姐说话的时候，娜奥密的哥哥也走了出来，“如果你还有其他什么线索，就去找找吧。她到现在都还没有回来，想必是不会回到这里来了。”

“何况娜奥密已经很久没有回家了。说起来……是什么时候来着……快有两个月没有看见她了。”

“好吧，给你们添麻烦了。如果她回来了，不管她是否愿意，还请马上通知我。”

我喝着他们端来的苦茶坐在门槛上，一筹莫展，想不出任何办法。娜奥密的姐姐和哥哥对此事显然不上心，我对他们吐露衷肠也起不了任何作用。我再三拜托他们：如果娜奥密回来请一定打电话通知我。如果是在白天，就给公司打电话，但最近我常常请假，不在公司就给大森家里发电报，我会马上过来接她，一定要把她留在家里。这两个人给我的感觉十分不靠谱，保险起见，我把公司的电话写给了他们。他们似乎还不知道大森家里的地址，我又把详细地址写给他们。

现在我该做什么？该去哪里呢？我快要哭出来了——不，事实上已经是哭丧脸了。从千束町幽暗的胡同出来后，我在附近的公园漫无目的地走着。娜奥密没有回家，光从这一点上来看，事情比我预想的要严重。

娜奥密一定是去熊谷那里了，没错，就在他那里。我灵光一闪，回想起娜奥密昨天离开时说的话：“好多东西现在就要用，不拿不行。”

一定是这样，娜奥密之所以带那么多的行李，是她原本就打算要去熊谷那里。他们两个或许早就商量好了，遇到现在的情况就这样处理。假若事实真是如此，那就十分难办了。首先，我不知道熊谷家的地址，即便查到地址了，想必他也不会把娜奥密带到家里。熊谷虽然是个浑小子，但他的父亲似乎是个有头有脸的人物，不会让自己的儿子为非作歹。他们会不会找一个地方躲藏着？或者会不会花着家里的钱四处游玩去了？如果可以知道是哪种情况，我就可以去找熊谷的家长协商，让他们干预此事。假若他不听话，钱用完后，自然会回到家里，而娜奥密也会回到我这里。这或许就是最好的结局，但是在等到结局来临之前，我得承受多久的痛苦？一个月、两个月、三个月，抑或是半年。不，不可以，这种情况对我来说就是世界末日。何况时间越长，她回来的可能性就越小，在这么长的时间认识第二个、第三个男人也不是没有可能。这件事情拖不得，她离开我越久，我们之间的关系就越淡薄。她现在正一步步离我远去。你逃不掉的，等着瞧吧！无论怎样，我都会把你弄到我身边来。“平时不烧香，临时抱佛脚。”不知怎么我突然就想到了这句话，我不信神佛，却也跑到寺庙拜了拜观音菩萨，祈祷早日知道娜奥密身处何方，愿她明日就能回家。然后我去了两三家酒吧，喝得烂醉如泥，夜里十二点多才回到家。我对娜奥密一直念念不忘，虽然喝醉了，躺在床上却怎么也无法入睡。酒慢慢醒了过来，又不由自主开始思考这件事。怎样才能找到娜奥密？她真的和熊谷私奔了吗？想要和熊谷的家人协商，就必须拿出证据，不然就显得太草

率了。那么，就只有找私人侦探这一条路了，但又担心没有办法查明……我想来想去，突然想到了滨田，没错，我怎么把他给忘记了，他应该是站在我这一边的。在“松浅”餐馆与他分手时幸好要了他的地址。明天一早就给他写信，不行，信太慢了，还是打电报吧。他家或许有电话，我直接给他打电话？不要让他亲自过来，有这个时间，还不如让他直接去找熊谷。现在最重要的，就是弄清楚熊谷在哪里。滨田或许知道，他可以立即告诉我。在这种时候，大概也只有他能感同身受了解我的痛苦，能够拯救我的人大概也只有他了。这或许就是“临时抱佛脚”吧……

第二天早上我七点多就起床，跑到了附近的电话亭打电话。翻看了一下电话本，在里面顺利找到里滨田家的电话号码。

接电话的是他家的女佣，她说：“哦，滨田少爷，他还在睡觉……”

“实在不好意思，我有非常重要的急事，能不能麻烦让他来接一下电话……”

我请求她转告，没过多久，电话里传来了滨田睡意蒙胧的声音：“啊，河合先生啊，住大森的河合先生？”

“是我，我是大森的河合。之前给你添麻烦了，这次又这么突然给你打电话，十分抱歉。是这样的，娜奥密离开了……”

在说出“离开了”的时候，我的声音里已经带有哭腔了。今天早晨的天气如同冬天一般寒冷。我只是在睡衣外面披了一件棉袍就匆忙出来打电话了，手握着话筒不停地打战。

“噢，娜奥密小姐……看来的确是这样。”出乎意料，滨田的声音十分镇静。

“这么说，你已经知道这件事了？”

“昨天晚上我见过她。”

“娜奥密？在昨天晚上？”这时我的身体由内而外都在颤抖。因为抖动得太厉害，牙齿都磕到了话筒上。

“昨天我去咖啡馆跳舞的时候看见娜奥密也在那里，我没有问她发生了什么，只是觉得她的情绪和平时不一样，心想大概就是发生了这种事吧。”

“她和谁在一起？是熊谷吗？”

“不，不止熊谷，五六个男人，其中还有洋人。”

“洋人？”

“嗯，身上还穿着洋装。”

“她走的时候，并没有带洋装啊……”

“总之就是洋装，还是非常艳丽华贵的洋装。”

我如遇雷击，愣在原地，一时间说不出话来。

二十二

“喂，河合先生，喂……”因为我没有说话，滨田显得很担心，“喂，河合先生……”

“噢……”

“喂，河合先生吗？”

“噢……”

“你怎么了？还好吧？”

“噢……我只是……不知道该怎么办了……”

“但是，光在电话里也想不出解决办法啊。”

“这些我心里都很清楚，但是，滨田，你知道吗？我现在很难受，完全不知道该怎么办，她走后我晚上连觉都睡不着……”为了得到滨田的同情，我的语气满含悲切，“滨田，除了你，我已经找不到其他人来帮忙了，抱歉给你添了这么大的麻烦……我只是想……只是想知道娜奥密在哪里。是在熊谷那里，还是在其他某个男人那里？所以，能不能帮我查一下……我想，你肯定比我知道得更多些……”

“嗯，兴许我查一查就搞明白了。”滨田似乎觉得这是个轻而易举的事情，“河合先生，她现在会在哪里？你心里有没有几个猜测的地方？”

“我想她应该是在熊谷那里。有些话只能告诉你一个人，娜奥密背着我和熊谷有联系，前几天被我发现后，我们大吵了一架，她就负气离开了……”

“哦……”

“但是，你刚才说娜奥密穿着艳丽的洋装和洋人还有其他男人在一起是怎么回事，我完全搞不明白。我想，你要是去问问熊谷，就应该清楚了……”

“好，我知道了。”滨田打断了我的话，“不管事情怎样，我先去查一查再说吧。”

“拜托了，还请你尽快查明……若有可能，请今天告诉我结果。”

“啊，明白了，今天之内应该就会知道了。如果查到了，我该怎么通知你呢？你现在还是在大井町的公司上班吗？”

“没有，这件事发生后我就请假在家了。我害怕娜奥密随时会回来，家里必须有人在才行。对了，还有个请求还请原谅，得到消息后，能不能当面谈谈呢，电话里唯恐说不清楚，如果能当面谈最好了……

事情查清楚后，能不能麻烦来一趟大森呢？”

“啊，当然可以，反正我也是闲着。”

“啊，谢谢，你能帮忙，实在是太感谢了。”我心里火急火燎，希望他下一刻就能告诉我结果，我急急巴巴地问：“大概什么时候能查清楚？两三点应该可以吧？”

“唔，差不多吧。但也说不准，得先去打听打听才知道。我用最佳的办法，说不定需要两三天……”

“那也是没办法的事，不管明天或者后天，我都在家里等着你。”

“知道了，详细情况我们到时候见面再说吧……那么，再见了。”

“啊，喂喂……”在滨田就要挂电话时，我连忙叫住他，“那个……还有一件事……这件事根据当时的情况来判断做不做吧。如果你见到娜奥密，又有机会和她说话的话，还请你转告她，我不怪罪她，因为我知道对她的堕落我也有责任，也有做得不好的地方，我准备向她道歉。只要她肯回来，不管她有什么条件，我都答应，就让过去的一切随着流水消失吧。如果她不愿意，还请她至少和我见一面……”

实际上，在说“不管她有什么条件，我都答应”这句话时，后面我想紧接着说“她就是让我跪下，我都会兴高采烈地跪下；即便她叫我磕头，我也会心甘情愿地把头磕在她的脚边，我是十分真心地向她请罪”。这些话，最终还是不好意思说出来。

“……如果可以的话，请你告诉她，我很想她……”

“啊，这样啊，有机会我一定转告。”

“还有，那个……我想你也知道她的倔强的脾气，她心里可能想回来，但是因为面子不好意思承认。如果是这种情况，还请你告诉她，我现在十分沮丧，哪怕是强行把她拉回来也行……”

“好了，我知道了。这件事我很难保证能做到，但我会尽量去做的。”

听滨田的口气，他对我的絮絮叨叨似乎有些不耐烦，但我依旧没完没了说个不停，直到投进公共电话里的五分钱都用完了。这大抵是我人生中第一次这般说话吧，带着哭腔，颤抖着声音，口角生风，厚颜无耻，软磨硬泡。电话打完之后我未曾感觉到轻松，火烧眉毛般急切地等待着滨田到来。他说今天之内就能查清楚，若是他今天没来，我又该怎么办呢？——不，说不知道自己会变成什么样子更为准确。我现在除了对娜奥密的思念外，对什么事也提不起兴趣，什么也不想做，什么也做不成。不能吃饭，不能睡觉，连门也不能出，只想窝在家里一筹莫展地等待着一个与此事似毫无关系的人四处奔波，然后带回消息。没有什么比人无所事事更为痛苦的了，更何况我心中还念想着娜奥密。我要承受着思念之苦，把命运交给某个毫不相关的人，自己只能紧盯着钟表上的时针。一想到这副情形，我都难受得快要窒息。时间的“脚步”是如此缓慢，一分钟如同一个世纪般漫长。要走整整六十步才是一个小时，走一百二十步才是两个小时，假如要等三个小时，就要忍受秒针缓慢走一百八十步穷极无聊的“一分钟”！何况不止三个小时，有可能是四个小时、五个小时、六小时，甚至是两天、三天，我觉得我肯定会在这漫长的时间或者备受煎熬的思念下发疯的。

我本来都已经做好了准备，想着滨田大概要傍晚的时候才会来，但是挂了电话四个小时之后，也就是十二点左右，大门的铃声响了起来，然后便十分意外听见了滨田的声音："你好。"

我一下子跳了起来，连忙去开门，显得慌慌张张。我结结巴巴地说："啊，啊，你好。我马上就开门，这门锁着呢。"我心里突然想道：滨田居然来得这么快，那么他应该很容易就见到娜奥密了吧，而且很快就说服了娜奥密，说不定还把她带回来了。我想到这里，心中欢悦，心脏咚咚地跳动着。

我一打开门便瞪大眼睛往四周看，我以为她就在滨田身后，但是只有滨田一个人独自站在门廊下。

"啊，不好意思，刚才失礼了。怎么样？查清楚了吗？"

我看着滨田，急不可耐地问道。滨田却十分镇静，他看着我，目光里充满了同情和怜悯，说："嗯，已经弄清楚了…………但是，河合先生，该怎么说呢，你还是死心吧，不要再指望那个人了。"他一边说着，一边遗憾似的摇摇头。

"为……为什么？怎么回事？"

"为什么？你根本无法想象……把娜奥密忘了吧，我是为你好才这样说的。"

"这样说你是和娜奥密见面了，谈了之后感到十分绝望，是吗？"

"不，我并没有见到娜奥密。我是在熊谷那里打听到这些情况的。

太胡来了，简直难以置信。”

“滨田，我现在只是想知道，娜奥密在哪里？”

“她没有固定住在一个地方，在这里借住两天，在那里借住两天。”

“不会吧，她应该没有那么多朋友的家可以借住吧。”

“娜奥密的男朋友，你根本无法想象有多少你不认识。那天和你吵架了，她就去找熊谷了。如果事先给熊谷打一个电话，再悄悄过去也不是不行。但是她坐着出租车带着一大堆行李直接跑到了熊谷家，熊谷的家人都惊呆了。不知道她是什么人，门都没有让她进，熊谷也很郁闷。”

“那后来呢？”

“后来实在没有其他办法，就把行李放在熊谷的房间里，然后两个人去了外面，好像是去了一家很不一般的旅馆，叫什么楼，位置就在大森的家的附近。就是那天早上他们约会时被你发现的那个地方。简直是胆大妄为。”

“他们那天又去那里了？”

“嗯，我打听到是这样的。熊谷说的时候还满面春风，我心里听着，很不舒服。”

“那么说，那天晚上他们就住在那里了？”

“没有。一直待到傍晚就去银座散步了，然后在尾张町的十字路口分手了。”

“真奇怪，熊谷不会是在撒谎吧？”

“不是的，你且听我说。他们分开的时候，熊谷于心不忍，问她‘今天晚上住哪里？’娜奥密说‘住的地方有的是，我现在就去横滨’。脸上没有一点儿难堪，说完就急急忙忙往新桥去了。”

“横滨？有谁在那里？”

“这就是让人奇怪的地方，娜奥密虽然认识很多人，但是在横滨应该不可能有住的地方。熊谷当时心想娜奥密只是嘴硬，说不定回大森去了。结果在第二天傍晚，接到了娜奥密打来的电话，说她在爱尔兰咖啡馆，让熊谷马上过去。熊谷到那里一看，娜奥密穿着华丽的晚礼服，手上拿着孔雀羽毛扇，带着耀眼的项链和手镯，被一大群人簇拥着，其中还有洋人呢。”

听完滨田的话，我骤然觉得娜奥密就如同一个玩具盒，各种各样的事情如同从玩具盒中跳出来的弹簧玩偶一样让人出乎意料。看来，娜奥密第一天晚上就是在那个洋人那里住下了。那个洋人名叫威廉·马卡纳尔。就是我和娜奥密第一次去跳舞时，遇见的那个厚颜无耻、涂抹着白粉的、妖里妖气、死不要脸想和娜奥密跳舞的家伙。但是让人吃惊的是，据熊谷所说，娜奥密与那个洋人的关系并不算亲密。但是，娜奥密暗中早就对他产生出了仰慕之情。他有一副好看的面孔，风度翩翩和电影演员一样，不仅在舞女之间被称为“色鬼洋人”，连娜奥密也说“那个洋人的侧脸有点像约翰·巴里，很漂亮”。约翰·巴里就是常常在电影中出现的美国演员约翰·巴里莫尔。看来，娜奥密心中早就喜欢着他，对他有所表示也说不一定。马卡纳尔大概也明白这一点，所以才肆无忌惮与她调情。他们之间连朋友都算不上，娜奥密仅凭这一点儿淡如水的关系就去找人家，在马卡纳尔看来，就好像一只可爱的小鸟自动飞到身边来。“今天晚上就住在我家吧？”娜奥密肯定会回答：“好啊。”

“不管怎样，这件事我都难以接受，第一次去男人家里就在那里过夜……”

“但是，河合先生，娜奥密对这一点似乎并不放在心上。连马卡纳尔都感到奇怪，昨天晚上还给熊谷打电话问‘这位小姐究竟是什么人？’”

“真是太胡来了，连是什么人都不知道，就敢留在家里过夜。”

“不仅过夜，还给她衣服、手镯、耳环，只是一个晚上两个人就变得亲密无间，娜奥密不停地叫那小子‘约里、约里’。”

“她身上的衣服、项链、手镯都是那个洋人买的？”

“好像是。但是洋人嘛，很有可能是从朋友的女朋友那里借来用来撑场面的。可能娜奥密向他撒娇说要穿礼服，他为了取悦娜奥密就答应了。那身衣服不是现买的，穿在娜奥密身上却十分合适。鞋子是法国式的漆皮高跟鞋，鞋尖处镶有光芒四射的宝石之类的东西。昨天晚上娜奥密就如同童话里的灰姑娘一般美丽。”

听滨田说娜奥密像灰姑娘一样，我心中一动，想象着那样打扮的娜奥密不知有多美丽，然后突然打了一个激灵，这种情绪立刻被她寡廉鲜耻的行为所产生的震惊掩盖了。我的心中产生了一种难以言喻的烦闷、厌恶的情绪。如果是熊谷，我倒还能理解，但是她竟然跑到一个毫不了解的洋人那里去，不知廉耻地在那里过夜，还让人给她买衣服、手镯和项链，这是一个有夫之妇该做的事情吗？难道我一直都不知道她的真实面目，生活在一个愚蠢的美梦里吗？滨田也许说得对，我该忘了她。我已经丢尽了脸面，男人的尊严都被我抹黑了……

“滨田，你不要嫌弃我啰唆，我再问最后一次。你刚才说的都是确有其事，对吧？你能证明，熊谷也能证明？”

滨田看见我眼眶溢满泪水，同情地点点头，说：“听了你的话，对于你的心情我十分能理解。还有些话我不好说。如果要说，我还有很多话可以说出来，你听了会认为是有道理的。不过拜托不要让我说这些事，相信我，相信我说的那些绝对没有任何虚假的成分……”

“谢谢你，我现在知道这些就足够了，没必要再知道其他的了……”

我说着，突然停顿下来，大颗大颗泪珠顺着脸庞流下来。我心想糟了，抱住滨田，把脸紧紧埋在他的肩上，大声哭了起来。

“滨田！我……我……那个女人以后不再和我有关系了。”

“你说得对！”大概受到了我的感染，滨田的声音也变得有些嘶哑，“说句真心话，我今天来这里，就是想告诉你不要再对她抱有任何的希望。她性情难以捉摸，说不定什么时候会像什么也没发生一样跑到你这里来。现在大家都没有把娜奥密当作朋友对待。按照熊谷的说法，大家只是把她当作消遣的玩物，甚至还起了一些不堪入耳的外号。她做的那些事情给你丢尽了脸面，而你至今还被她蒙骗着……”

和我一样，曾经爱慕着娜奥密的滨田，后来也和我一样，被娜奥密抛弃的滨田，这个青年心中充满悲愤，从内心深处为我着想，他的每一句话都像是一把利刃，一刀一刀地割下了我腐烂的肉身。“大家只是把她当作消遣的玩物，甚至还起了一些不堪入耳的外号。”听了这些令人震惊的话，我的心情反而畅快不少，就如同身患疟疾痊愈了，轻松无比，眼泪也停下了。

二十三

“河合先生，不要总是闷在家里，出去散散步怎么样？”

这两天因为娜奥密的事情，我连漱口刮胡子这些事都没有做，在滨田的鼓励下，我说了声“稍等”，去洗了脸，刮了胡子，和滨田一同出门了，只觉心旷神怡。

此时已是下午两点左右。

滨田说：“这种时候，去郊外散步最好。”

我表示没有异议。

“那就走这边吧。”

滨田朝池上的方向走去，我走着走着，心中涌出一股厌恶感：“不要走这边，这边不好。”

“啊，怎么了？”

“之前你说的那个曙楼就在这个方向。”

“啊，的确不行。那我们该怎么办？直接去海边往川崎那边走走看吧。”

“行，这样最好，很保险。”

滨田转身往相反方向的车站走过去。其实仔细一想，走这个方向也并非没有风险。假如娜奥密和熊谷依然会去曙楼，说不定此时他们就在来的路上。而且，国营电车的车站是一定不能去的，因为娜奥密和那个洋鬼子很可能会坐京滨线（东京至横滨）的电车。

一想到此，我对滨田说：“今天实在是没想到会给你添这么多的麻烦。”我走在他前面，走出胡同，穿过田间上的铁路岔口。

“不碍事的，不用客气，我想，这种事情迟早都会发生的。”

“我这个人，在你眼里是很可笑的，对吧？”

“我曾经也做过一些可笑的事情，所以没有资格嘲笑你。在我冷静下来后，很同情和可怜你。”

“你还很年轻，值得原谅。不像我，我已经三十多岁了，居然还被这样蒙骗着，如果不是你提醒，还不知道会被骗到什么时候去呢……”

走在田野间，晚秋的天空万里无云，天高气爽，仿佛在安慰着我这个受伤的人。一阵阵风吹过来，我哭肿的眼圈被吹得发疼。国营电车也在这个时候从身边轰隆隆驶过，往远方去了。

“滨田，你吃午饭了吗？”我们沉默着走完一段路后，我问。

“说实话，我还没有吃，你呢？”

“从前天开始就只喝了一点儿酒，饭一点儿也没吃，现在肚子很饿，饿得厉害。”

“你这样肯定会饿啊。你别这样作践自己，把身体搞坏了就得不偿失了。”

“不要紧，幸亏有你，我才幡然醒悟，不要再作践自己了。从明天起我要洗心革面，做一个和现在完全不同的人，也要去上班了。”

“嗯，这样可以安抚心情。我失恋时就不停地听音乐。”

“如果我会玩音乐，这倒是一个不错的办法。可惜我没这个能力，只好恪尽职守在公司里干活了……既然肚子饿了，我们就去找个地方吃饭吧。”

我们一边散步一边聊天，走到了六乡，到川崎街上一家牛肉餐馆里，围坐在咕噜噜响的火锅旁边，如同上次在“松浅”餐馆时一样，开始喝酒。

“来，滨田，我们先来干一杯。”

“呀呀，这样空着肚子慢慢灌上一杯，我可受不了。”

“没关系的，来吧。今天是我重生的日子，我们来庆祝庆祝。从明天开始我也要戒酒，我们今晚就不醉不归。”

“这样啊，那好，为身体健康干杯。”

滨田脸色通红，他那长满粉刺的脸就像是火锅里闪闪发亮的牛肉，我已喝醉，心中也不知是喜是悲。

“滨田，有件事我想问你。”我抓住时机，凑近滨田身边说，“你们给娜奥密起的外号，是什么？”

“那个外号太难听了，我不能说。”

“没关系，我和那个女人已经恩断义绝了，以后没有任何关系，不用在乎的。告诉我吧，我知道了反而会放松些。”

“我知道，请你原谅，那个难听的外号我是无论如何也说不出口的，你大概也能想象出来。要不这样吧，我告诉你这个外号的由来。”

“好，你说吧。”

“但是，河合先生……该怎么说呢？”滨田挠挠头，“你听了以后，一定会觉得很难受的。”

“好了，好了，没事的，你尽管说，我纯属出于好奇，想知道那个女人的秘密。”

“那好，我就告诉你一点点吧。今年夏天在镰仓的时候，你知道和娜奥密在一起的有几个男的吗？”

“我所知道的就只有你和熊谷，难道还有别人吗？”

“河合先生，你千万不要太惊讶。不光我和熊谷，还有关和中村。”

我虽然已经喝醉了，但听了滨田的话，浑身如同受到了电击般抖动了一下，把面前五六杯酒全部咕噜咕噜喝下肚子，然后问：“这样说，那时候所有人都……”

“是这样的。你那时觉得我们在哪里会面？”

“大久堡的那栋别墅？”

“不是，是你租的那间花匠家的屋子啊。”

“啊……”我如同窒息般沉默着，最后如呻吟般勉强吐露出一句，“这样啊，实在是没想到呢。”

“那个时候，最难办的当属花匠家的太太了。因为碍于熊谷的面子，不可能说不让我们出去，但是看到各种各样的男人进出自家的房子，如同变成魔窟一样，在邻居眼中十分不体面。而且，最怕的还是被你知道，整天到晚都忐忑不安呢。”

“哈哈，怪不得。我突然想起来向房东太太打听娜奥密的事的时候，她十分惊慌，眼神躲闪。原来这样。大森的家成了你和她约会的地方，租的花匠家的房子又成了魔窟，我竟然一直被蒙在鼓里，被蒙骗得这么厉害。”

“啊，河合先生，你一说起大森的事，我就觉得对不起你。”

“不要这样说，都已经过去了，说出来也没什么关系。只是没有想到从头到尾都被欺骗，反倒有一种痛快的感觉，她的手段如此厉害，我十分佩服。”

“就好像相扑一样，被对方来了个过肩摔。”

“没错，就是这样。那么，他们几个被娜奥密玩弄，互相之间都不知道吗？”

“知道，有时两个人还撞在一起。”

“他们不吵架吗？”

“他们那些人不约而同把这件事当作秘密，还把娜奥密当作公用财产，所以才会给她起那么难听的外号，大家都在背后用这个外号称呼她。你不知道这个外号，反倒是一种幸运。我为自己的卑鄙感到可耻，所以一直想把娜奥密解救出来。但是她一听到我劝说的话，十分生气，反过头来说我，简直无药可救。”滨田或许回想起了当时的情况，语气伤感，“河合先生，我在‘松浅’餐馆和你见面时，没有把这些话告诉你吧……”

“那时候你说，能够操纵娜奥密的是熊谷。”

“没错，我的确那样说过，我说的都是实话。娜奥密和熊谷身上都有类似粗野的性格，所以他们两个关系最好。熊谷是罪魁祸首，娜奥密变成这样都是他教唆的。那个时候，我对你还不能说得太多，因为你还没有放弃娜奥密，甚至想挽救她。”

“不仅没有挽救到她，反而自己被拉下泥潭……”

“不管是怎样的男人，一旦落到了她的手里，都会变成这个样子……”

“那个女人身上就是有一种蛊惑人心的魔力啊。”

“没错，我也感觉到了，的确是有魔力存在。我现在已经不想靠近她了，只要太过接近她，就会变得危险。”

我们两个人的谈话中，不知道出现了多少次娜奥密的名字，我们把这个名字当作下酒菜咽下去，这个圆润的发音似乎是比牛肉还要美味的食物，不停地被我们用舌头品尝着，混着唾液吃进肚子里。

“不过，再被她骗一次也不是不行啊。”我感叹着说。

“是这个样子的，正是因为她，我才尝到初恋的滋味。虽然很短暂，但毕竟是一个十分美好的梦。还是应该感谢她给我这些。”

“她以后会怎样呢？”

“估计应该很快堕落下去吧。熊谷说，她不可能在马卡纳尔那里待很长的时间，估计最多过两三天就会去别的地方。而且行李还放在熊谷那里，说不定会在熊谷那里待上一段时间。娜奥密她自己没有家吗？”

“她的家在浅草，是卖酒的。我为了维护她的面子，从未和人说过这个。”

“是吗？果然性情都是由出身决定的。”

“娜奥密自己说，她的祖先原是旗本的侍卫，她在下二町的一栋大宅里出生，祖母给她取名为‘奈绪美’。她的祖母在明治时代曾到鹿鸣馆跳舞，也算是个洋气的人物。我不知道她的这些话里有多少是真实的，她卑微的出身，这一点我感触颇深。”

“听你这些话，我感觉更可怕了。虽然你好心收养她、栽培她，但她骨子就流着淫荡的血液，注定了会走这条路……”

我们一直聊了有三个多小时，从饭馆出来后已经是七点多钟了，但我们仍然继续聊着。

“滨田，你是坐国营电车回家吗？”

“嗯，走路的话太远了。”

“也对。我乘坐京滨线。他们如果在横滨的话，坐国营电车似乎是有点危险。”

“这样的话，那我也坐京滨线好了。娜奥密每天跑来跑去，说不定总有一天会碰上的。”

“你这样说，岂不是连门也不能出了？”

“她一定会常常去舞厅，所以银座那边是最危险的。”

“大森也并非安全之所，还有横滨、花月园、曙楼……也许我会重新找房子，在我各种情绪安稳下来前，我不想见到她。”

我和滨田一起坐京滨电车，在大森车站才分开。

二十四

我在被孤独和失恋双重折磨的时候，又发生了一件悲伤的事情如乌云般笼上我的心头，就是在乡下的母亲因脑出血去世了。

收到母亲病危的电报是在和滨田见面后的第三天早上，那时我正在公司上班。收到电报后我马上赶往上野，在傍晚时赶回了家里，当时母亲意识已经不清醒，连我也认不出来，在两三个小时后，母亲就停止了呼吸。

我年幼的时候父亲就去世了，是母亲独自一人把我抚养长大。这是我第一次感受到失去父母的悲伤，而且我与母亲的关系比别的母子要亲密很多。回首过去，我从来没有与母亲吵过架，母亲也没有严厉斥责过我。原因不仅仅是我十分尊敬她，还有母亲很慈爱，总是体贴照顾我。一般来说，儿子长大后离开故乡去外面打拼，难免会有所担心，害怕孩子品性变坏，有的还因此变得关系疏远。我在去东京后，母亲依然相信我、理解我，处处为我考虑。家里只有两个妹妹，我这个长子离开家，对母亲而言，想必她会感到冷清，也会感到老无所依。但母亲从未有过任何不满的情绪，还一心祈求我功成名就。虽然离开故乡远在东京，但我比在母亲身边时更加强烈地感受到了母亲的爱。特别是我在和娜奥密结婚前后，面对我提出的各种要求，母亲都毫无怨言地接受了。每每想到这里，我都感动得声泪俱下。

母亲却死得如此突然，让人措手不及。我站在母亲遗体旁，心中感慨万千。

“我”昨天还沉浸在娜奥密的美貌中魂不守舍，“我”今天却捧着香跪拜在灵堂前，这两个“我”无论怎么看，相互之间的世界都没有任何关联。当我在悲叹、感伤和诧异的情绪中流着眼泪自省时，一个声音不知从什么地方传到了我的耳朵里：昨天的我是真正的我，还是今天的我是真正的我？与此同时，从另一个地方传来一阵低语：“你母亲去世并非偶然发生，她这是在规劝你、训诫你。”于是，我更加怀念母亲的声音与面貌，我感到自己做的那些蠢事对不起母亲，悔恨的泪水从眼眶中止不住地流了下来。因为哭得有些厉害，我不好意思，一个人悄悄地走到了后山上。俯瞰着充满幼年回忆的树林、田野上的小路和田间的风景，再次流下眼泪。

显而易见，这次经历的巨大悲痛让我身心都得到净化，变得玲珑剔透，我身体里埋藏着的肮脏之物都被清理干净。如果不是这次悲痛

的经历，或许我直到现在也无法忘记那个下流的荡妇，继续在失恋的痛苦中沉沦。想到如此，我都觉得母亲的死不再是毫无意义，至少在我看来是如此。那个时候，我心中已经对大都市的空气感到烦厌，本来到东京是想飞黄腾达，没想到却过上了纸醉金迷的生活，碌碌无为，没有出息，也没有发财。像我这样的乡下人，果然只适合农村。我甚至想离开东京，返回故乡，在这里落叶扎根，守着母亲的坟墓，做一个与祖祖辈辈一样的农民。但是叔叔、妹妹等亲戚规劝说："你不要这样心急，你刚刚经历了悲痛心情难免低落我们理解，但是一个男子汉不能因为母亲去世就毁掉自己的大好前程吧。"其实我好想对他们说："这个不是真正的原因，真正的原因是我老婆抛弃我跑掉了……"这句话已经到了嘴边，最后还是没有说出来。一是在众多亲戚面前把这句话说出来实在感到难为情；二是家中忙乱，还是不说出来免得添乱。（至于娜奥密为何没来，我谎称她生病就掩饰过去了。）头七法事刚一结束，我把善后的事情交给我的代理人、帮忙管理财产的叔叔婶婶，听了他们的意见，返回了东京。

回到东京后，上班也心不在焉，并且在公司的人缘也没有以前那么好。因为娜奥密的事情，我勤勤恳恳、品行端正的“正人君子”美名没有了，上司和同事也不再信任我。这次因为母亲去世，还有人嘲笑说我是以此为借口请假休息。这些林林总总的事情一点一滴地增加着我的不愉快。给母亲做二七法事时，我回乡下住了一晚，跟叔叔聊天时说了一句“我可能近期就要辞职了”。叔叔只是说“好了好了”，并不是很同意。所以第二天起床后，勉勉强强地跑去上班。在公司里工作的时候我还能忍受，但是下班后的傍晚时分到半夜，我不知该如何度过。我究竟是辞职回乡下还是依然留在东京呢？我犹豫不决，迟迟没有下定决心，没有另外找房住，一个人孤零零地在空空荡荡的大森的房子里生活。

我不想碰见娜奥密，下班后都尽量避开热闹的地方，乘坐京滨线直接回到家里。在家附近吃点简单的饭菜或者荞麦面条，吃过饭就找不到事情可做，只好回到卧室躲进被窝里睡觉。但是，很少能睡一觉起来就是大天亮，往往睡上两三个小时就会醒过来。所谓卧室，其实就是那间阁楼。阁楼里还放着娜奥密的行李，五年来放荡淫秽、糜烂不堪的气息攀附在墙壁和柱子上久久不曾消散，那是娜奥密身体的气息。她十分懒惰，换下的脏衣服也不洗，揉成一团随意扔在地上，屋内又不通风，气味充斥在屋内。我忍受不了这个气味，干脆在画室的沙发上睡觉，但在沙发上同样也睡不好。

母亲去世三个星期后，时间进入了今年的最后一个月——十二月，我终于下定决心要辞职。因为工作需要交接等原因，我会待到年底才离开。这件事我没有和任何人商量，一个人做的决定，家里人也还不知道这些事。想到一个月后就能离开公司，我的心情稍微平静了许多，没事的时候会看一会儿书，或者在外面走一走，但绝对不会靠近那些“危险地带”。

有一天晚上，我实在闲着无聊，往品川一带走过去，打算看一部电影打发时间，便走进一家电影院。电影院正好在放劳埃德演的喜剧片，在看到一个美国年轻演员出现在银幕上时，还是勾起了我往日的回忆。以后再也不看西方电影了——当时我暗自决定。

十二月中旬一个星期天早上，我正在二楼睡觉（因为睡画室很冷，所以搬回了阁楼睡觉），突然听见楼下传来一阵窸窸窣窣的声音，似乎有人在下面。嘿，那就奇怪了，前门我记得是锁上的……我这样想着的时候，一阵熟悉的脚步声响了起来，径直上了楼梯。我还未反应过来，就听见爽朗的声音：

“你好。”

然后娜奥密打开门，俏丽地站在我面前。

“你好。”她又说了一遍，一脸茫然地看着我。

“你来干什么？”我没有起身，躺在床上，冷淡地问她。心里却有些惊讶，她竟然厚颜无耻地直接来了。

“我？——来取行李啊。”

“取行李可以是可以。但是，你是从哪里进来的？”

“前门啊，我手里有钥匙。”

“那就把钥匙放下来。”

“好吧，给你。”

然后我没再说话，转过身背对着她。在一段相当长的时间里，她在一旁收拾东西，装进包袱里，在我的枕边发出啪嗒啪嗒的声响，之后我听见了像是解丝带的声音。我转过去看，她在角落里，还是在我看得见的地方背对着我换衣服。在她刚刚进屋的时候，我就已经注意到她的着装了。那是一件我从没有看见过的铭仙绸衣服，大抵是天天都穿这一件，领子上已满是污垢，膝盖上也全是褶皱。她把衣带解开，脱下脏衣服，身上就只剩下一件薄薄的长毛衬衫，也是脏脏的。她拿起刚刚翻找出来的金纱绉绸长衬衫，宛若无物般轻轻披在身上，然后她的身体像蛇一般蠕动，如同金蝉脱壳般把那件薄薄的长毛衬衫脱了下来。她接着穿上她十分喜欢的龟甲形碎纹大岛绸和服，在腰间紧紧系上红白方格花纹的窄腰带。就在我以为她接下来要系宽腰带的时候，她却突然转向我，蹲在地上换布袜子。

她裸露的洁白的脚对我有着巨大的吸引力，我把眼睛移开，却还是情不自禁地偷看了两眼。她肯定是有意这样做的，故意把脚弯来扭去就像鱼鳍一样，还不时瞟上我两眼，似乎在猜测我的心理。她把衣服换好，快速地收拾好换下来的脏衣服，一边嘴上说着“再见”，一边拿着包袱往外走。

“把钥匙留下再走。”这个时候我开口说。

“哦，好……好的。”她从手提包里拿出钥匙，“我把钥匙放在这里啦。但是我一次性搬不完这么多行李，可能还会再来一次。”

“不用了，我会把你的东西全部送到浅草的家里去。”

“别，不要往浅草的家里送，那里不方便……”

“那要送到哪里去？”

“哪里呢？我还没定下来……”

“如果你这个月没来取，我才不管，直接送到浅草去。你的东西不可能总是放在我这儿。”

“明白了。我会马上拿走的。”

“那我们就说好了，你叫一辆车来把东西全部搬走。让别人来，你自己不要来。”

“好吧，可以。”说完，她就离开了。

我放下心来，万万没想到两三天后的一个晚上，大约九点我正在画室里看报纸，听见咔嗒一声，有人在前门的门锁里插进了钥匙。

二十五

“是谁？”

“我啊。”

门“哗”的一声被打开，一个又大又黑、像狗熊般的东西从屋外的黑暗里走了出来，随后一下子脱下了黑东西，像狐狸般雪白的肩膀和手臂暴露在灯光下，竟然是一个陌生的西洋女人，穿着淡蓝色法国绉绸礼服。丰腴的脖子上戴着水晶项链，在灯光下闪闪发亮。头戴黑色天鹅绒帽子，帽檐压得很低，只能看见挺翘的鼻尖和雪白的下巴。

“晚上好。”陌生的西洋女人摘下了帽子。

我此时才开始思考：“咦？这个女人究竟是谁……”我仔仔细细地扫视她脸上的每一寸皮肤，随即恍然大悟，面前的陌生女人竟然是娜奥密。有些读者，听到我这样说可能会有些奇怪，但是，娜奥密本来就是千变万化的。这里说的变化不仅仅指穿着的不一样，还有她那样完美精致的脸，不然我不会认不出来的。她那张脸如同被施了魔法般，皮肤、眼神，甚至轮廓，都能变换成另一番模样。如果不是听到了她熟悉的声音，哪怕是帽子摘了下来，我依然会认不出来。就像刚刚说的她雪白的皮肤，裸露在外的皮肤都如苹果的果肉般白嫩。娜奥密在日本女人中不算黑，但也不会白得这么过分。裸露的两条雪白的胳膊，怎么看都不像是日本人应该拥有的。犹记得有一次在帝国剧院看轻音乐团歌剧时，我沉迷于年轻的西洋女演员的两条白皙的手臂，现在娜奥密的手臂的白与那位女演员不分伯仲，不，是比那位女演员的胳膊更加白皙。

娜奥密轻轻摇晃着她的衣服和脖子上的项链，脚上穿着镶有人造钻石的漆皮高跟鞋缓步向我走过来——啊，这就是那次滨田所说的灰姑娘的鞋子吧——她一手叉腰，扭动着曼妙的身躯，卖弄风骚地走到呆头呆脑的我的面前来。

“让治先生，我来取行李来了。”

“我不是说过你不要亲自来，让别人来就行了吗？”

“但是我没有可供差遣的人啊。”

说话的这段时间里，娜奥密一点儿也不安分。她板着脸，装出一副很正经的样子，双脚一会闭拢在一起，一会迈出一只脚，一会儿又用鞋后跟不停地跺地板。她的手随着双脚每一次变换而变换着，肩膀耸立，全身紧绷的肌肉如被拉紧的铁丝一般，浑身上下每部分的运动神经都被调动起来。随之紧张起来的是我的视觉神经，我的双眼把她的每一个动作都巨细无遗地看得清清楚楚。我的眼睛在她的脸庞上停留许久，终于发现为何她变了模样。她把前额的头发剪得只有两三寸长，并且梳得十分整齐，如同中国女孩垂在额头门帘似的刘海。其余的头发合拢在一起呈圆形从头顶处平平整整地盖在耳朵上，仿佛戴了一顶财神爷的帽子。如此发型她以前从未梳过，因此整个脸庞看上去和以前天差地别。而且，我还发现她的眉毛和以往也不大相同。她是天生粗眉，又粗又浓，但现在眉毛却是被描成轻淡又狭长的弧形，弧形周围被刮得发青。她弄了眉毛我一眼就看穿了，但是我不知道她究竟用了什么魔法，把眼睛、嘴唇和皮肤的颜色都变得面目全非。她的眼睛看上去很像洋人，那是眉毛的作用，除此之外还做了其他的一些处理。比如眼皮和睫毛，但我却看不出究竟做了什么。嘴唇也一样，上唇正中如樱花花瓣般十分整齐被分为两半，并且口红与一般的口红不同，色泽鲜艳亮丽。关于皮肤雪白的颜色，无论我怎么看，丝毫没有看出有涂抹胭脂的痕迹，如同她的皮肤就是这般颜色。不仅仅是脸，她的肩膀、胳膊、指尖一样是雪白的。假如真的抹粉的话，那么全身都得涂抹了。我当时甚至产生了这样一种感觉：这个难以捉摸、神秘诡异的女人并不是娜奥密，而是娜奥密的灵魂经过某种作用变成的一个具有理想之美的幽灵。

“可以吗？我去二楼拿行李了……”娜奥密的幽灵说。我一听到这个声音，就觉得她依然是以前那个娜奥密，并非幽灵。

“啊，行……行……”我有些惊慌失措，连声音都变尖了，“你是怎么把前门打开的？”

“用钥匙啊。”

“上次你不是已经把钥匙留下了吗？”

“我有好几把钥匙，不光只有一把。”此时，她的红唇绽放出微笑，眼中浮现出卖弄风骚的嘲弄眼神，“我可以实话告诉你，我配了很多把钥匙，你拿走一两把也没什么关系。”

“你自己当然觉得不会有什么，但是你一次次地来，我可受不了。”

“放心吧，只要我搬完行李，哪怕你叫我来，我也不会来。”说完，她用脚后跟支撑身体猛然转过身，咚咚咚地走上楼梯，跑进了楼阁。

之后过了多长时间呢？我靠在沙发上，等着娜奥密从二楼下来，不到五分钟，还是过了半个小时，抑或是一个小时？这段“时间的长度”我无论如何也确定不下来。娜奥密今晚的形象犹如一曲优美的音乐，给我带来一种难以言语的快感，我如痴如醉，沉浸其中。这个音乐像是从非常高远、非常圣洁的世外仙境传来的女高音的歌声。里面既没有情欲也没有爱，我所感受到的，只有朦朦胧胧、虚无缥缈的陶醉。我想了很久，今天晚上的娜奥密，和那个淫荡无耻、被一群男人起了可怕外号的娜奥密不是同一个人，今天她仿若偶像般高贵，像我这样的人只能在她的脚下跪拜，不敢有所奢望。假如她雪白的手指轻轻触碰了我一下，我不仅会拍手称快，全身也都会激动得颤抖不已吧。想知道我当时的心情，我就给各位读者打一个比方吧：乡下的父亲来到大城市东京，有一天在街头突然遇见了在很小的时候就离开家来到东京的女儿。女儿俨然已经变成了一名高贵的城市女人，看到这个从乡下来的寒碜的农民，并没有认出是自己的父亲。父亲虽然认出了自己的女儿，却因为双方身份地位的差距，不敢上前打招呼，他无法想象面前的人就是就是自己的女儿，他感到羞愧，匆匆地离开了。我现在就和那位父亲的心情一模一样，孤单又欣慰。再打一个比方：一个男人被自己的未婚妻抛弃了，过了五年或者十年后的某一天，他在横滨的码头上看见一艘轮船缓缓靠岸，从国外回来的日本人一群又一群从船上下来。这时，男人在人群中看见了自己的未婚妻，但他却没有勇气去打招呼，他现在仍然和以前一样是一个贫穷的书生，而对方却不再是粗俗的乡下姑娘了，变成了一位在巴黎、纽约过惯了富贵生活的时髦女人，两人之间天差地别，有着不可逾越的鸿沟。我的心情就如同那位被抛弃的男人一样，感到羞愧难当，同时也为未婚妻出人意料的成功感到喜悦。我现在复杂的心情就如同上面两个比喻的例子那样。总而言之，以前的娜奥密身上有着不可磨灭的肮脏印记，但是今晚的娜奥密那天使般洁白的皮肤上已没有了任何污秽的存在，甚至有污秽的念头都让人感到恶心，现在即便是碰一碰她的手指，都是一种不可饶恕的罪过。这一切应该都是梦境吧？不然的话她是从哪里学到的魔法的呢？明明在两三天前她还穿着那件脏脏的铭仙绸衣服……

咚、咚、咚……沉重有力的下楼声响起，镶有人造钻石的皮鞋鞋尖停在了我的面前。

“那么，让治先生，我过两天还会再来一趟。”

她和我面对面站着，脸与脸之间隔着三尺的距离，那轻若羽毛的衣服一点儿也未曾碰到我……

“今天我只拿走两三本书，我这身打扮，总不能扛起一个大大的行李箱走吧……”

此时，我闻到了一股似曾闻过的香味。啊，这种香味……不由自主让人想起大洋彼岸的异国花园……这是曾经教跳交际舞的舒列姆斯卡娅夫人身上的香味。娜奥密用的是和她一模一样的香水……

无论娜奥密说的是什么，我都是“嗯嗯”点头答应着。当她的身影被夜色所吞噬时，我仍像是追寻幻觉一般，用自己灵敏的嗅觉追寻着飘荡在房间中缓缓消散的香味……

二十六

各位读者，想必你们已经能从前面的情况推断出，在不久的将来，我和娜奥密必将和好的趋势，这一点儿也不奇怪。事实上也正如各位读者所推测的那样，和好的过程颇费周折，我上了好几次当，做了不少费力不讨好的事。

那天晚上过后，我和娜奥密开始亲密地说上话了。因为在第二天晚上、第三天晚上……她每天晚上都会来拿东西。来的时候肯定会上二楼，收拾好东西再下来，不过每次都是用绉绸小方巾包的小东西。

“今天晚上来拿什么？”

“这个啊？也没什么，一点儿小东西。”她模糊地回答着，然后总是会问“我口渴了，能不能让我喝一杯茶”，之后便在我身边坐下来，聊上有二三十分钟才离开。

某天晚上，我们喝着红茶面对面坐在桌子旁，我问："你是不是住在附近？"

"为什么突然想起问这个？"

"问问也不打紧吧。"

"但是，原因呢？问这个是想做什么？"

"并不是想干什么，纯粹出于好奇心才问的——喂，住在哪里？说出来也没关系吧。"

"不，我不告诉你。"

"为什么？"

"因为我没有义务满足你的好奇心。你这么想知道就来跟踪我啊，你做秘密侦探不是做得很好吗？"

"我还不至于会这样干……但是，我猜你就住在附近。"

"为什么这么说？"

"你每天晚上都来拿行李啊。"

"每天晚上来，但不代表就住在附近啊。反正有电车，还有汽车。"

"你是特意从很远的地方过来的？"

"要怎么说呢……"她巧妙地把话题岔开，"怎么？我每天晚上来不欢迎吗？"

"当然不是……只是我叫你别亲自来，你却不听，现在弄得我也没办法了……"

"就是这样啊。我这个人最喜欢和人作对，你不让我来，我就偏要来。你很怕我吗？”

“自然……是有一点儿的……”

她听见后仰起下巴，能看见她雪白的下颚，张开鲜红的嘴巴，突然间发出咯咯咯的笑声。

“不过这些都没关系的，我不会做什么坏事。只是想把以前的事情统统都忘掉，重新和你做朋友，只是一般的朋友。怎么样？不会觉得不方便吧？”

“总觉得有些奇怪。”

“这有什么奇怪的？以前的夫妻成为朋友，你觉得很奇怪吗？你这样的思想就是传统保守的思想。说老实话，以前发生的那些事情，我半点都没往心里去。哪怕现在我想勾引你，在这儿我就能轻而易举地做到，但是，我发誓，我绝不会再做这样的事情，哪怕你已经动心了我也不会做……”

“你觉得过意不去，想同情我，所以才要和我做朋友吗？”

“我当然不是这个意思。你只要很坚强，就不用别人来同情你。”

“这样说可能会有些奇怪。我本来就已经坚强起来了，但是碰到你之后，又变得有些脆弱了。”

“你真傻，这么说，让治先生，你是不愿意和我做朋友喽？”

“啊，是不愿意。”

“你如果真不愿意，我就要勾引你了。让你魂不守舍，把你的决心破坏掉。”娜奥密半开玩笑地说，她像是引诱般笑了起来，“你说说，

是作为朋友保持着纯洁的关系，还是被引诱重新吃一回苦头呢？今晚我就要勾引你。”

那个时候我在想，这个女人和我做朋友有着什么样的目的呢？每天晚上她都会过来肯定不是单单为了嘲弄我，背后一定隐藏着别的什么企图。难道是想交朋友，再慢慢拉拢我，想自己不承认错误就恢复夫妻关系吗？假如这就是她的目的，其实她根本用不着绕这么大一圈，我轻而易举就会点头答应。因为我心中已经情不自禁地升起一个强烈的念头：如果她想重新做夫妻，我一定不会说出“不”字的。

“娜奥密，做普通朋友没什么意思，我们还是做回夫妻吧。”在合适的场合和时机下，我可以主动这样对她说。但是，看娜奥密今天晚上的样子，哪怕我这样说了，想必她也不会轻易答应。

“我才不干这种事，我们只能做朋友。”如果她把我的心思都看穿了，肯定会更加得意忘形。那么我会觉得我的真心受到了践踏，心里很不爽。并且娜奥密的真正目的并不是想和我恢复成夫妻关系，而是想要拥有能随时随地玩弄男人的自由，而我也被她看作是一个玩物，这样我更不能随便地把这句话说出来。她连现在住哪儿都不愿告诉我，说不定外面还有男人，在这些问题都还没搞清楚前，我是不会轻易和她恢复关系的，不然又要重蹈覆辙了。

就在这一瞬间，我突然计上心头，也笑着说：“好吧，做普通朋友也未尝不可，我可受不了你的威胁。”

我之所以这样说，心里自然有一番打算。先从和她做朋友开始，逐步摸清她的意图。如果她的心里还存着一丝实诚，那时候再把那句话说出来也不算晚，也许还能劝说她恢复夫妻关系。那样或许比现在更有利。

“你答应了？”娜奥密似是不好意思地看着我，“让治，真的只是普通朋友。”

“噢，当然。”

“那些不正经的事情，想都不要想。”

“我当然知道，不然自己也不好办。”

“哼。”娜奥密习惯性地用鼻子冷哼一声。

这次过后，她开始频繁地往家里跑。傍晚我下班回家时，她像燕子般飞来，说：“让治，今晚请我吃饭吗？朋友之间就是应该请客吃饭的。”

她想要我请她吃西餐，我请了，吃饱后她就回去了。

有一天晚上下雨，她在很晚的时候才来，把卧室的门敲得咚咚响，说：“你好，已经睡着了吗？如果睡了就不要起来了，今天晚上我打算就住在这里。”然后她就擅自做主走进了隔壁房间，把被褥铺好后就躺下了。有时候早上爬起来一看，看见她在床上呼呼大睡。她总是说：“谁叫我们是朋友呢？”

那时候，我对她是一个天生的淫妇深有感触。为何要这样说呢？她的本性就很浪荡，在男人面前可以毫不在乎袒露自己的肉体。但是平时又小心谨慎地把自己的肉体掩藏起来，哪怕小小的一部分也不肯露。她这个人人都能触碰的肉体平时却要掩藏起来——在我看来，这和妓女本能想保护自己的心理一样。因为妓女的肉体是她最宝贵的“货物”，是“商品”。有时候比处女还要看中她自己的肉体，不然“货物”就会慢慢贬值。娜奥密对于其中的奥秘有着很深的了解，所以，哪怕在我这个前夫面前，她也把自己的身体藏得严严实实的，不裸露半点。但是，她是不是时时刻刻都这样小心谨慎呢？并不是。有时我在家时，她换衣服会故意让衬衫滑落在地上，然后“哎呀”一声，双手抱着赤裸的肩膀慌乱地跑到隔壁的房间。有时洗澡出来，坐在梳妆台前，上身赤裸着，似乎才刚刚发现我在场一样，说："哎呀，让治，你不能待在这里，去那边吧。"于是把我赶走了。

就这样，我时不时地能看见她身体的某些部分，譬如脖子周围、臂肘、小腿、脚后跟……虽说只能看到这么一点点，但却发现她的身体比以往更加光艳亮丽，美得让人嫉妒。我常常想象着解开她所有的衣服，尽情地欣赏她美妙的身躯。

"让治先生，你在看什么看得这么入神？"有时她背对着我换衣服，这样说着。

"看你啊，似乎比以前更加光润了。"

"哎呀，真是讨厌……女生的身体哪里是随便能看的。"

"我没有看，隔着衣服也知道得差不多了。你的屁股本来就大，现在更丰满了。"

"嗯，是胖了，屁股越来越大是没错，但是双腿还是很匀称的，不是萝卜腿。"

"嗯，小时候你的双腿就很笔直，站起来双腿并拢在一起看不到一丝缝隙，现在也是这样吗？"

"嗯，还是一样的。"她用衣服裹紧身体站起身，双腿并在一起，"看吧，是这样的。"

我的脑海里这时猛然浮现出了在照片上看到过的罗丹的雕像。

"让治先生，你是不是想看我的身体？"

"那你想让我看吗？"

“这样是不妥的，我们是朋友呢。我要换衣服了，你去那边待着吧。”然后她就像把门摔在我背上似的用力关上了。

娜奥密不断地挑起我的欲火，把我一步步地引到欲火焚身的地步，又在前面设下防御严实的关卡，一步也无法踏入。我和娜奥密之间犹如隔着一层厚厚的玻璃墙，看上去十分接近，实则隔着难以逾越的距离。如果伸出手去，必定会触碰到这面墙壁，哪怕你再心急如焚，也休想碰到她一根手指头。有时，娜奥密想把这面墙壁撤掉，就在我以为这下没有问题的时候，走过去一看，依然无法走通。

“让治先生，你真是一个好孩子，来，让我亲你一下吧。”

她经常能这样开玩笑地说。我明明知道她在开玩笑，但当她把嘴唇伸过来时，我依然会不由自主地做出吮吸的动作，就在嘴唇即将碰触时，娜奥密突然收了回去，在两三寸外对着我的嘴巴吹气。

“这是朋友间的接吻。”她嬉笑着说。

所谓“朋友间的接吻”方式十分特别——男人不能接触女人的嘴唇，只是满足于她呼出来的气。这种接吻方式渐渐成了我们之间的习惯，每次她要离开时就说：“好了，我走了，再见。”

然后，她伸出嘴唇向我靠近，我把头凑过去，嘴巴像是吸入器一样张得大大的。她往我嘴里吹气，我闭上眼睛，像是品尝美味般把她的气息吸入胸膛。她呼出的气温润潮湿，仿佛不是从肺里呼出来的，带有鲜花甜蜜般的香气。她说是为了迷惑我，在嘴唇上涂抹上了香水。当时我并不知道她是这样做的。我常常想，她这样的妖妇，五脏六腑

也许都和普通人不一样吧，不然她口中呼出来的气怎么会有如此醉人的芳香呢。

我的大脑开始迷乱，如玩偶般被人随心摆弄。现在我已经不再说“必须正视结婚”“不再做你手中的玩物了”这些话。其实，从最开始我就知道结果会是这样，如果真的很害怕她勾引，不和她往来就是了，像什么“为了知道她的真实目的”“寻找合适的时机”这些“理由”都是自欺欺人的谎话。嘴上说害怕她的勾引，内心里其实巴不得让她赶快来勾引我。但是娜奥密只是和我玩着无聊的“朋友间的游戏”，绝不越过界限半步。这应该就是她挑逗我的计谋，待我欲火焚身、急不可耐时，抓准机会，撕下“朋友”伪装的面具，耀武扬威地朝我伸出魔爪吧。她迟早会对我动手的，不动手便不会善罢甘休。我顶多将计就计，听从她的命令，她怎么说，我就怎么做，百依百顺，最后才能捕捉到猎物。我每天都在等待适合的时机，但愿望却总是难以实现。以为她今天就要撤下面具，明天就会向我伸出魔爪时，却总是在关键时刻，被她溜掉了。

所以，这次我是真的着急了，把浑身的弱点都暴露给她看，她要是想勾引我，那就赶快来吧，甚至想翻过去勾引她。但她始终不动声色，用教育孩子的斥责表情对我说：“你要做什么，让治先生！我们不是说好做朋友吗？”

“我才不管朋友不朋友的，我已经……”

“不可以的，不，我们是朋友！”

“娜奥密……不要这样说了……我求你了……”

“哎呀，真是讨厌！说了不可以就是不可以……我吻你一下，这总行了吧。”她按照惯例向我吹了一口气，“可以了吗？你一定要忍耐下来才行。这本来已经超出朋友的界限了，这是我对你的特殊优待。”

这种“特殊”的安抚手段不仅没有让我冷静下来，反而更加强烈地刺激着我的神经。

“今天还不行？！”我犹如热锅上的蚂蚁，越发急躁起来。

娜奥密像是一阵风般轻盈地飘远，离我而去。在很长的一段时间内，我什么事情也没有做。我就像是被关在铁笼里面的野兽烦躁地来回走动着，把能看见的东西都摔在地上，一屋子的东西都被我摔烂在地上。

我为这种歇斯底里的疯狂行为伤透了脑筋。她每天来一次，我就会发作一次。并且，我的歇斯底里性质和一般的不一样，在发泄过后，并没有神清气爽的感觉。当我冷静下来后，娜奥密肉体的细微部位更加清晰、更加顽固地盘踞在我的脑海里。换衣服时裸露出来的脚，凑过来吹气时离我只有两三寸噘起的红润的嘴唇，事后回想起来，这些形象比当时看到的更加鲜明细致地浮现在眼前。很奇怪的是，我由她的嘴唇和脚的曲线展开想象时，她那被衣服遮掩看不见的地方也如底片显影般清晰地显现出来，最后，一尊酷似维纳斯的大理石雕像矗立在我黑暗的内心深处。我的头仿佛变成了一个用天鹅绒帷幕围住的舞台，在舞台上表演的是一个名叫“娜奥密”的女演员。她那在黑暗中洁白的身躯被舞台上强烈的灯光笼罩着。我目不转睛地盯着，她身上的灯光越来越强烈，越来越明亮，我的眉毛好像都快要燃烧起来。她身体的每一个部位都被非常清晰真切地扩大，如同电影的特写镜头一般……这个幻想有着非常强烈的真实感，刺激着我的感官，真实得似乎就在我面前，只是不能用手触碰，其他方面却是比实物更加生动。因为注视的时间太长，我只觉得头晕眼花，晕头转向，全身的血液都涌上了脑袋，心脏快速跳动，于是歇斯底里的症状再次发作，我摔飞椅子、撕扯窗帘、打烂花瓶。

我的妄想症一日比一日严重，只要一闭上眼睛，娜奥密的身影就清晰地浮现出来。我常常回忆着她从口中呼出的、带有甘甜香味的气息，我张大嘴巴对着空中，深吸一口气。不管是走在街上，还是在家里，一旦想起她的嘴唇，我就抬头“哈、哈”地吸着空气。我所见之处都是娜奥密的娇艳的红唇，身边环绕的空气都是娜奥密呼出的气息。娜奥密就如同恶魔般充斥着这片天地，把我包围着，随时随地折磨着我，听着我痛苦的呻吟，脸上带着冷笑静静地看着我。

一天晚上，娜奥密来到了家里，她说：“让治先生，你最近变得有点奇怪啊，和平常不一样。”

“可不是吗，都是因为你才这样……”

“哼……”

“哼什么啊？”

“我只是遵守着约定啊。”

“要遵守到什么时候去啊？”

“永远。”

“不要开玩笑，我会发疯的。”

“那我教你一个好办法：把头伸到水龙头下，冲冲脑袋就好了啊。”

“喂，你真的是……”

“让治先生，你看，你又来了！每次你做出这样的表情，我都会忍不住地想着捉弄你。离我远一点儿吧，不要靠我这么近，要碰我一下，想都不要想。”

“哎，真是实没办法，那你就送我一个朋友之吻吧。”

“只要你老老实实的，我就会给你。但是，你确定之后你不会发疯？”

“我管不了那么多了，发疯就发疯吧。”

二十七

在那天晚上，我和娜奥密隔桌子而坐，这是她的要求，这样就能“连一根手指也碰不到她”，她兴趣盎然地盯着我，一直和我聊天到深夜。

到了十二点，她以一贯的嘲弄语气对我说：“让治先生，这么晚了，今天我就在这里住吧。”

“啊，住吧。正好明天是星期天，我一整天都在家。”

“但是，我把话说在前头，不要以为我在你这里过夜，就会答应你的要求。”

“我不担心，你也不是什么都随便答应的女人。”

“你难道没有想过，要是我听你的话就好了吗？”她哧哧笑了起来，“好了，你先去睡吧，晚上可不要说梦话。”

她驱赶着我上了二楼，然后她走进房间，咔嚓一声锁上了门。我听着隔壁房间的声音难以入眠。当我们还是夫妻的时候，从来没有发生过这样的事情。我在睡觉的时候，娜奥密就一定躺在我旁边。我想到这里，感慨万千，好像受了莫大的委屈。仅有一墙之隔的另一边，娜奥密正不停地——或者说故意地——把地板弄得嘎吱嘎吱响，铺被子，拿枕头，准备睡觉。啊，她现在正在解头发，正在脱衣服换上睡衣呢。对于这些动作我十分了解，在以往无数次地发生在眼前。只听见她啪的一下掀开被子，然后咚的一声倒在地铺上睡觉了。

“真不知道为什么要弄这么大声？”我大声地自言自语，故意让她听见。

“让治先生，还没有睡吗？是睡不着吗？”娜奥密的声音立刻从隔壁传了过来。

“嗯，睡不着。我在想一些事情。”

“嘿嘿，你在想什么，我不用问也大概猜得出。”

“说起来真的很奇怪，你睡在隔壁房间里，我都不知道该怎么面对。”

“这有什么奇怪的。以前我刚来这里的时候，不也是像今天这样分开睡的吗？”

听了娜奥密的话，我心中突然涌现出一阵激动。对啊，在那个时候，我们也这样分开睡觉，那时我们纯洁无瑕，像朋友一样对待彼此。虽然这样想着，但没有把我的欲火减弱半分，反而越发让我感觉到我们之间的婚姻关系是如此之深，深到我无论如何都无法离开她。

“那时候的你真是纯洁无邪啊。”

“我现在也绝对是纯洁无邪，有邪的是你呀，让治先生。”

“随便你怎么说，反正无论你走到哪里，我就跟到哪里。”

“嘿嘿。”

“喂！”我朝着墙壁狠狠踢了一脚。

“哎呀，干什么？这里可不是野外的独立别墅，请你安静一点儿。”

“我要把这面墙给砸了，太碍事了。”

“你真是吵闹死了，这只老鼠已经疯了。”

“必须得闹，老鼠早已经疯了。”

“可是我一点儿也不喜欢老鼠爷爷。”

“胡说八道。我才三十二岁，才不是老爷爷。”

“因为我十九岁啊。在十九岁的人的眼里，三十二岁就是老爷爷了。我好心劝你，还是重新娶一位太太吧，或许能治好你歇斯底里的症状。”

之后不管我说什么，娜奥密都只是笑着。没过多久，她说“我要睡觉了”，然后就传来一听就知道是假装打呼噜的声音，但是过了不长时间，她好像就真的睡着了。

第二天早上，我刚刚睁开眼睛，就看见娜奥密坐在我的床边，穿着邋遢的睡衣。

“让治先生，睡得怎么样？昨天晚上你真吵闹。”

“嗯，最近一段时间我常常那样歇斯底里地发作，吓着你没有？”

“没有，我倒还觉得挺有趣，想让你再来一次。”

“已经没事了。今天早上都好了——啊，今天真是一个好天气。”

“这么好的一个天气，你是不是应该起床了呢？都已经十点多了。我起来都一个小时，还洗了澡。”

听见她的话，我躺在床上看她，看着她刚刚洗过澡的身姿。这就是所谓女人的“浴后身姿”。在洗澡之后的十五分钟或者二十分钟之间，比刚刚沐浴时还要美丽和动人。不管女人的皮肤再怎么细腻白嫩，在热水里泡过之后，因为泡的时间太长，指尖等部位就会肿胀起来。出浴后当体温降到合适的温度，肌肤就会像凝固的蜡一般变得透明。娜奥密才洗澡不久，窗外的微风吹进来，此时刚好是在最恰当的时机。她那薄嫩的皮肤上似是还带有水汽，洁白如玉，衣服下的胸部仿佛带有水彩般紫色的阴影，脸上如同贴了一层胶膜，细滑光彩，眉毛上似还挂着水珠。冬日的天空万里无云，日光透过窗户在她身上笼上一层淡青的颜色。

“怎么一大早就在洗澡？”

“你管我？啊，真是舒服。”她用手拍打着两侧的鼻翼，又把脸伸到我面前，“喂，帮我看看，我长胡子没有？”

“嗯，长胡子了。”

“应该去趟理发店顺便刮个脸再回来。”

“你不是最讨厌刮脸的吗？还说西洋女人不刮脸……”

“但是现在美国都特别流行刮脸，你看我的眉毛，美国女人都剃

成这个样子。”

“哈哈，原来是这样。难怪前段时间感觉你的样子变了，没想到连眉毛都变了。”

“你现在才发现啊，太落伍了。”娜奥密说完后似乎想起了别的什么事情，问，“让治先生，你歇斯底里症状好了吗？”

“已经好了啊，怎么了？”

“如果真的好了，有件事我想拜托你——我现在懒得去理发店，你帮我刮脸吧，怎么样？”

“你故意这样说，难道又想让我发作？”

“我才没有呢。我是真的想请你帮忙的，这种小事情帮下忙可以的吧？如果你的歇斯底里真的发作起来了，把我脸弄伤了那就糟糕了。”

“我把安全刀借给你，你自己刮不行吗？”

“肯定不行啊。我不仅要刮脸，脖子周围和肩膀后面都要刮。”

“那些地方为什么要刮？”

“你想想，穿上晚礼服的时候，肩膀是要露出来的。”娜奥密一边说着，一边故意把肩膀露了出来，“你看，要刮到这里，我自己可刮不了。”

说完后，她连忙拉上衣服，把肩膀藏了回去。这是她常用伎俩，但我每次都无法抵挡这难以抗拒的诱惑。娜奥密这个家伙，所谓的刮脸和洗澡都是玩弄我的手段。我心里虽然很清楚这一点，但是刮脸是以前从来没有做过的事情。而且还可以利用这个机会靠近她。仔细观察她的皮肤，还能去触碰她。一想到此，心中便升不起拒绝她的念头。

我在煤气炉烧水，烧好热水后倒在脸盆里，换上蓝吉刀片，给她做着各种各样的准备工作。娜奥密将桌子搬到窗户边，又在桌子上放了一面小镜子，两腿分开坐在椅子上，在脖子上围了一块白色毛巾。我走到她身后边，把柯尔盖特牌肥皂棒浸泡在水里。当我准备开始给娜奥密刮脸的时候，她突然说："让治先生，我让你刮是可以的。但是有一个前提条件。"

"前提条件？"

"对。不是什么很为难的事。"

"是什么？"

"刮脸的时候，你可别借机到处乱摸啊。所以，刮脸时不要碰到我的皮肤。"

"但是……这个……"

"什么'但是'，不碰到皮肤也是可以刮脸的。在刷子上抹上肥皂，再用蓝吉列刀片刮就行了……在理发店，手艺好的师傅都可以做到。"

"拿我和理发店的师傅比较，我可不行。"

"哼，明明心里特别想给我刮，嘴上还这样说——那好吧，你如果不愿意，我也就不勉强你了。"

"我不是这个意思，不要这样说。还是让我来给你刮吧，所有的东西都准备好了。"我看着娜奥密露出来的脖颈说。

"那么你是答应我那个前提条件了？"

“嗯，答应了。”

“一下也不能碰我。”

“嗯，不会碰的。”

“只要你碰到了一下，我就立刻不让你刮了。现在你把左手放在膝盖上，不要动。”

我遵循着她的话，只用右手从她的嘴巴周围开始刮起来。

娜奥密双眼盯着镜子，十分老实，仿若在感受刀片在脸上滑动的感觉。她那如睡眠般沉稳均匀的呼吸声传入我的耳朵，我的眼睛里装着的是她跳动的脉搏。我和她离得如此之近，近到她的睫毛都能触碰到我的脸。外面明媚的阳光粉刷着干燥的空气，明亮得能数清楚脸上每一个毛孔。我未曾在如此明亮的光下，长久地凝视自己所爱的女人。此时一看，便觉得她的美丽有巨人般非凡的魅力和不小的魄力。那双大大的清亮的双眼、如漂亮建筑般挺俏的鼻子、两条突起连接鼻子和嘴唇的直线、在直线下面饱满的烈焰红唇……啊，这就是名为“娜奥密脸庞”的不可思议的物质吗？就是这个物质让我神魂颠倒、魂不守舍的吗？……我想这真是难以置信，然后不由自主地拿起刷子在物质的表面上刷了许多肥皂泡。但是，不管我怎么刷，这个物质都是安安静静的，动也不动，只是富有弹性地颤动着……

我手中的剃刀如同一只白色的小虫在她光滑白嫩的脸蛋上爬来爬去，从脖子到肩膀。她的后背结实而宽厚，如牛奶般雪白。她经常看自己的容颜，但是她知道自己的后背也是如此美丽吗？或许她从来都不知道。只有我最清楚，因为我曾经每天在浴缸给她洗澡搓背，和现在一样双手沾满了肥皂泡……这是我昔日的爱情。我的手指曾经在这娇嫩的白雪上纵横驰骋，尽情欢愉。或许现在也还残留着什么痕迹……

“让治先生，你的手在发抖呢，请你认真一点儿，不要抖动……”娜奥密突然开口说。

我突然感到头痛，唇干口燥，身体也开始无缘无故地抖动起来。我心中一紧，难道自己要发疯了？我努力隐忍着，脸上一会儿发热一会儿发冷。

娜奥密的恶作剧却还没有结束。我把肩膀刮完后，她立刻把袖子挽了上去，高举着手臂，说：“现在麻烦给我刮腋下吧。”

“啊？腋下？”

“嗯，因为穿礼服就是要刮腋下的，若是漏了出来，就会显得很失礼。”

“你实在是太坏了！”

“你这个人真搞笑，我哪里坏了。赶快刮吧，我觉得有一点儿冷了。”

就在这一瞬间，我扔下手中的剃刀，朝她的手臂上扑上去。与其说是扑，莫不如说是咬上了她的手臂。娜奥密似乎早早就有所防备，立马用臂肘把我推了回去。我的手指似乎触碰到了什么地方，因为有肥皂泡，一下子滑了。她又用力地把我推到墙边，同时站起身尖声叫道：“你要做什么？”

我想我的脸已经变得如纸张般苍白，娜奥密的脸也是。

“娜奥密！娜奥密！求求你，不要再折磨我了，今后你说什么我都听你的。”

我完全不知道自己在说些什么，如同发高烧般胡言乱语。娜奥密笔直地站在那里看着我，脸上显得很吃惊。

我扑倒在她的脚边，哀求说：“说话啊，你为什么不说话！你如果不愿意，就把我杀了吧。”

“你这个疯子。”

“疯子不好吗？”

“哪个人会愿意和疯子说话？”

“那么，你把我当马，和以前一样骑到我背上。我求你能做一下这个，其他的不愿意都没有关系。”

我趴在地上。娜奥密大概以为我真的疯了，她面色铁青，甚至已经发黑，紧盯着我的那双眼睛变得恐怖至极。但是突然间，她脸上的神情一换，做出了一副无所谓的胆大的表情，骑在我的背上，以男人的语调说：“这下可以了吧？”

“可以了，可以了。”

“真的以后都听我的话？”

“嗯，听。”

“不管我要多少钱，你都要给我吗？”

“给。”

“我想做什么就做什么，你不许过问。”

“好。”

“以后不要叫我‘娜奥密’，要叫我‘娜奥密小姐’，明白了吗？”

“明白了。”

“你发誓？”

“我发誓。”

“好吧，你不用给我当牛做马了，我把你看作一个人，看你可怜兮兮的……”

我和娜奥密两个人身上弄满了肥皂泡……

“我们终于又成为夫妻了，我发誓绝对不会再让你从我手里溜走。”

“你没有了我，就真的那么难受吗？”

“是啊。我还以为你真的不会回来了呢？”

“怎么样？这下知道我的厉害了吧？”

“知道了，领教到了。”

“刚才说的话你可不要忘记了。我想做什么就做什么，而且，我也不喜欢相互制约的夫妻，不然的话我还会再跑的。”

“从此以后，又是‘娜奥密小姐’和‘让治先生’一起过日子了吧？”

“你会经常和我一起跳舞吗？”

“嗯。”

“我还会和形形色色的人来往，你不会再像以前那样有意见了吧？”

“嗯，没有意见了。”

“我跟你说句实话，我和熊谷已经没有来往了。”

“啊？没有来往了？”

“嗯，再也不想见那个讨厌的家伙了。以后我会和洋人多多交往，洋人可比日本人有意思多了。”

“就是住在横滨的那个马卡纳尔吗？”

“我有很多个洋人朋友。就算是马卡纳尔，也没什么好奇怪的吧。”

“哼，可是我觉得……”

“喂，你能不能不要这样随便怀疑别人，我既然说出来了，你就要相信我。我问你，你是信还是不信？”

“信！”

“除此之外我还有其他要求……你辞职之后，打算怎么做？”

“原本想的是，被你抛弃后我就回乡下去。现在我们和好了我就不打算回去了，想把乡下的财产变换成现金。”

“变换后大概会有多少钱？”

“大概有二三十万吧。”

“这么少？”

“虽然有点少，但是只有我们两个人用，完全够用了。”

“能够放纵地去享受玩耍吗？”

“那当然不可以。你可以不工作去玩耍享受，但是我还是要工作的，我打算开一间事务所，干一番事业出来。”

“我才不要把所有的钱都扔到事业里面去，先把我享受玩耍的那部分钱拿出来怎么样？”

“好，可以。”

“那就先给我一半好了。有三十万的话给我十五万，有二十万就给我十万。”

“你算盘打得可真好。”

“那是当然，必须先一开始就把条件讲好。怎么样？愿不愿意？是不是觉得娶我做太太花的代价有点大？”

“如果愿意呢……”

“你要是不愿意现在说出来还来得及。”

“我说了愿意……”

“还有呢……既然如此，现在这个房子就不能再住了，我要搬到更漂亮、更洋气的房子里去。”

“房子肯定是要搬的。”

“那就搬到洋人街的房子里去，我想住在西式洋房里，我要有漂亮的卧室，气派的饭厅，还有厨师和仆人……”

“这样的房子在东京能找到吗？”

“东京没有，但是横滨有啊。横滨的山手恰巧有这样的房子要出租，我早都已经看好了。”

直到此时此刻，我才知道娜奥密的老奸巨猾。从一开始她就布置好了一切，一步步地把我引上钩。

二十八

下面要说的事情是发生在三四年以后了。

之后我们去了横滨，把娜奥密所说的早就看好的房子租了下来。但是她渐渐养成了奢侈的生活习惯。没过多久就觉得那所房子太小了。因此，在本牧把一户瑞士人居住的房子连同家具一起买了下来。发生关东大地震时，山手那边的房子几乎无一幸免，全部变成了废墟。本牧这边要好得多，很少有房子受损。我的房子墙壁上只是出现了一条裂缝，未曾受到多大的损伤，简直是幸运万分，因此，至今我们还住在这所房子里。

辞职之后，我把乡下的财产变卖了，和两三个老同学一起开了一家制造与销售电机的合资公司。我虽然是公司最大的股东，但是具体事务却是由朋友们来做，我并不需要每天都去公司。不知有何原因，娜奥密十分不喜欢我每天待在家里，所以，我只好每天去公司看一下。在上午十一点左右从横滨去东京，在位于京桥的公司逗留一两个小时后，在下午四点左右就回家。

以前我十分勤恳，每天必定会早早起床，但现在都是要到九十点钟才起床。起来以后也不换衣服，穿着睡衣直接来到娜奥密的门前，轻轻地敲一下门。娜奥密比我还能睡，还在酣睡中。有时会半梦半醒地“嗯”一声，有时候睡得很深，什么都不知道。如果她回答了，我就会进去给她问一声早安，如果没有回答我就直接去公司。

我和娜奥密不知道是从什么时候开始睡觉分开在不同的房间，但是我知道这是娜奥密的提议，她的理由是女人的闺房是神圣之地，即便是丈夫也不能侵犯。所以她自己占用了那个大房间，我则住在了隔壁的小房间。虽然是邻居，但是两个房间并没有相连在一起。中间是我们夫妻专用的浴室和厕所。要去娜奥密的房间，就必须穿过浴室和厕所。

娜奥密每天上午都会在床上躺到十一点多，似睡非睡，似梦非梦。有时在床上吸烟，有时在床上看报。她吸的烟是迪米特里诺牌细长坤烟，看的报纸是《京都新闻》，还会看一些传统或者流行的服饰杂志。其实，她主要是在看其中的照片，一张一张十分仔细地看。

娜奥密的房间东边和南边开窗，本牧的大海就在阳台外面，一大早这个房间就十分亮堂。娜奥密的房间十分宽敞，按照日式房间来算，能够铺下二十张榻榻米。她的床就放置在房间中央，床也不是普通的床，而是从驻东京的某大使馆买来的。上面有华盖，幔帐如白色的纱一般垂下来。这张床买回家之后，娜奥密大概睡得很舒服，比以往更加赖床了。

她起床洗脸之前，要先在床上喝红茶和牛奶。一般这个时候，女佣都会为她准备好洗澡水。起床后便先去洗澡，洗完后又躺在床上让人给她按摩。按摩之后才是梳头、修指甲、化妆。武士有七种兵器，而娜奥密的化妆品远远超过七种，有几十种化妆品和器具在脸上涂抹着。衣服多到不知道穿哪一件好，等她一切收拾完毕，走到饭厅已经是一点半左右了。

吃完午饭后到晚上这段时间她基本没有事可做。晚上不是去别人那里做客，就是请别人到家里来，抑或是去跳舞，总之会有安排。而且她还会重新化妆、换衣服。去参加晚会时更加夸张，会让女仆帮忙在身上涂满白粉。

娜奥密的朋友换得特别勤。滨田和熊谷几乎未曾再来过。有段时间她和那个叫马卡纳尔的人在一起，没多久就变成了德尤根，德尤根之后又有一个叫尤思塔斯的人冒了出来。这个叫尤思塔斯的比马卡纳尔更让我讨厌，他有非常高明的手段让娜奥密开心。有一次惹我十分生气，在舞会上把他揍了一顿，大闹了一场。娜奥密还站在尤思塔斯那边大骂我是“疯子”。我不管不顾，把他追得到处跑。大家紧紧把我拖住，大喊“乔治、乔治”。我的名字本来是让治，但洋人以为我叫 George，就一直叫我“乔治”。这件事情发生之后，尤思塔斯再也不敢来我家里，而娜奥密也趁机对我提出了新的要求，我都点头答应下来。

在尤思塔斯之后，又出现了第二个、第三个尤思塔斯。但我都没有异议，表现得十分温顺，我自己都觉得难以置信。人一旦吃了苦头之后，这种强烈的感受就会永久停留在脑海里。直到现在我也忘不了娜奥密离开我时痛苦的经历。那句“你知道我的厉害了吧”仍然在耳边回荡。她胡作非为、肆无忌惮的性格我早就十分清楚，假若没有这个缺点，她的价值也就不存在了。越觉得她是一个淫荡、无耻的家伙，就越觉得她可爱，因此总是掉入她的陷阱之中。我深知这个道理，所以我越生气，自己就越吃亏。

人一旦没有了自信，便不可救药了。目前，我在英语等方面完全比不上娜奥密。也许通过实际交谈，水平会慢慢提升。但是在晚上听到娜奥密以流利的英语和先生太太们侃侃而谈时，才发现她的发音那么标准，洋味十足，还有不少地方我自己都听不懂。并且，她也常常学着洋人叫我“乔治”。

我们夫妻之间的记录到这里就此结束吧。若有读者觉得是无稽之谈，想要笑话也请随意。若有读者认为是个教训，那就殷鉴不远。我痴迷于娜奥密，所以无论如何也无法放下她。

娜奥密今年二十三岁，我三十六岁。